KB059703

꽃씨 하나
얻으려고 일 년
그
꽃
보려고
다시 일 년

꽃씨 하나
얻으려고 일 년
그
꽃
보려고
다시 일 년

김병기 지음

짧은 시의 미학 **김일로** 시집 『송산하』 읽기

김일로 시인의 시를 번역하고 해설을 곁들여 '역보譯輔'
라는 이름으로 펴낸 김병기 교수는 서예가로 널리 알려져
있지만, 사실 그의 전공은 한시이다. 20년 전 한국고간찰
연구회에서 만난 이후 친교를 계속하다 요즘은 그에게 한
시 강의를 듣고 있으니 그는 나의 한문 선생이라 할 것인
데, 어느 날 김일로라는 시인 이야기를 하여 아주 흥미 있
게 들은 바 있다. 그 이야기가 이렇게 책으로 나와 일독해
보니 마치 이른 아침 맑은 공기를 마시며 개울가를 산보
하는 듯한 청량감으로 가득하다.

　　김일로의 시를 읽고 누가 시가 어렵고, 책이 재미없다
고 할 것인가. 김일로의 시는 대단히 짧다. 자연에서 느낀
시정을 가볍게 던진 외마디의 단상 같기도 하다. 그러나
그 시구에 주석을 달듯이 가한 한문 한 구절의 함축적 의
미가 절묘하다. 그의 한문은 굳이 옥편을 찾지 않아도 될
일상적인 한자로 이루어져 있다.

　　그늘이 되어주다가
　　열매를 맺어주다가

소슬바람에

밀려 나가는

노오란

은행잎 하나

人生如是亦如是

　김일로의 시를 읽으면 자연 현상에서 포착한 시적 이미지가 한문에 의해 압축이 풀리듯 그 함의가 높이 고양되면서 마침내 자연과 인생이 하나로 어우러지며 곧 나의 서정으로 환원된다. 그런 것이 시를 읽는 묘미 아니던가.

　세상은 점점 책과 멀어지고, 시와 멀어지고, 한문과는 아주 담을 쌓고 있는데 그 이유는 책은 재미없고, 시는 난해하고, 한문은 더더욱 어렵다는 생각 때문이다. 이런 때일수록 세상을 탓할 게 아니라 사람들이 다시 책과 만나게 하는 것이 모름지기 지식인의 사명이라 할 것이다. 그런 의미에서 널리 조명 받지 못한 김일로의 시를 현재로 다시 불러온 김병기 교수의 '역보' 작업은 귀감이 될 만하다.

　많은 분들이 이 책을 읽으면서 책과 가까워지고, 시를 사랑하게 되고, 한문과 친해지기를 바라는 마음이다.

　　　　　　유홍준(미술사가, 『나의 문화유산답사기』 저자)

김일로의 시는 한국 문학의 새로운 장르다

꽃씨 하나
얻으려고 일 년
그
꽃
보려고
다시 일 년

내가 김일로 시인을 만난 것은 이 시를 통해서였다.
1996년으로 기억한다. 당시 수덕사 운수암에서 기거하
던 법광法光 스님과 함께 절 근처의 어느 찻집에 앉았을
때 벽에 걸린 서예 작품을 통해 이 시를 처음 만났다. 감
전된 상태가 그런 것일까? 온몸에 전율을 느꼈다.

'세상에 저런 시가 다 있다니……'

자연의 그 엄숙한 순환성을 말한 시로 이만한 시가 또
있을까? 감동이 밀려들었다. 기계문명에 대한 비판으로
보아도 이보다 더 곡진한 시는 없을 것이고, 환경보호에

대한 외침으로 보아도 이보다 더 절실한 시는 없을 것 같았다. 나는 스님께 물었다.

"누구의 시인가요?"

스님이 답했다.

"김일로 선생의 시입니다."

얼마 후 나는 김일로 선생의 시집『송산하頌山河』를 입수했다.『송산하』에 실린 시는 어느 것 하나 감동으로 다가오지 않는 것이 없었다. 읽고 또 읽었다. 서예 작품으로 써보기도 했다. 2007년 2월에 열린 나의 두 번째 서예전에 아래 시를 써서 출품했다.

그늘이 되어주다가

열매를 맺어주다가

소슬바람에

밀려 나가는

노오란

은행잎 하나

人生如是亦如是

인 생 여 시 역 여 시

"그늘이 되어주다가 / 열매를 맺어주다가 / 소슬바람

에 / 밀려 나가는 / 노오란 / 은행잎 하나"라는 한글시를
다시 "人生如是亦如是", 즉 "인생은 / 이와 같고 / 또 /
이와 같은 것"이라고 풀이한 그 깊이와 연륜에 감동을 받
아 싸한 감정으로 쓴 작품이었다. 전시장에 작품을 걸어
놓고서 하루에도 몇 번씩 그 앞에서 시를 읊조리곤 했다.
얼마 후엔 "꿩 소리 / 귀에 / 담는 / 황소 눈에 / 떠가는 /
흰 구름"을 "금수산하춘일장錦繡山河春日長", 즉 "금수강
산에 / 봄날은 / 길어"라는 한문시로 표현한 김일로 시인
의 또 한 편의 명작을 글씨로 써서 한국서예가협회전에
출품하고는 그 작품집을 많이도 펼쳐보았다. 작품을 보
며 나는 정말 황소 눈에 떠가는 흰 구름 같은 평화 속으로
빠져들었다. 2002년에 출간한 저서 『아직도 한글 전용을
고집해야 하는가』에서는 김일로 선생의 시를 인용하여
한글과 한문을 동시에 사용함으로써 독특하고 새로운 문
학을 창작할 수 있음을 역설하기도 했다.

　우수한 한글 문학을 창작함과 아울러 한자와 한글을
동시에 사용하여 특유의 문학미를 표현할 수 있는 여
지가 있다면 그 자체를 우리만의 독특한 문학 장르로
개발할 필요도 있다. 일찍이 김일로金一路 시인이 그
러한 창작을 시도한 적이 있다. 김일로 시인의 작품을
한 편 보기로 하자.

저

몸가짐

이 숨소리

돌 한 개

풀 한 포기면

좋을 것을

<ruby>一石一艸人不及<rt>일 석 일 초 인 불 급</rt></ruby>
一石一艸人不及

　　먼저 한글로 시를 지은 후, 그것을 7언言의 한시 구漢
詩句로 축약해놓았다. 한글시나 그것을 한시 형식으로 옮
긴 것이나 결국 내용은 같은데 가슴에 닿는 느낌은 사뭇
다르다. 한글시를 통해서 김일로는 '사람이 마치 돌 한
개, 풀 한 포기처럼 자연스럽고 욕심 없는 몸가짐과 고요
한 생명력을 닮아 지닐 수 있다면 얼마나 좋을까' 하는 마
음을 풀어 쓰고 있다. 빼어난 한글시임에 틀림이 없다. 그
러한 다음에 그는 다시 그 내용을 한자를 이용하여 "一石
一艸人不及"이라고 옮겨놓았다. "사람? 돌 한 개, 풀 한
포기에도 미치지 못하는 존재인 것을!"이라는 뜻이다. 가
히 귀신같은 솜씨라고 할 만하다. 시인 김일로는 한글과
한자를 함께 사용하여 독자로 하여금 그가 표현하고자

하는 바를 보다 더 가까이에서 느낄 수 있게 하였다. 한문의 맛을 아는 덕분에 김일로의 시를 보다 깊이, 보다 맛있게 읽을 수 있다는 것은 실로 큰 복이 아닐 수 없다. 이런 독특한 시 형식은 우리만이 구사할 수 있는 특별한 장르로 개발할 가치가 충분히 있다.

물론 우리나라에는 짧은 글 안에 깊은 내용을 담을 수 있는 시조라는 전통적인 문학 양식이 있다. 일본에도 하이쿠俳句라는 짧은 시가 있고, 중국의 오언절구五言絶句도 짧은 시이다. 일본의 하이쿠는 5·7·5의 17음 형식으로 이루어진다. 응축된 언어로 인정과 사물의 기미機微를 재치 있게 표현하는 하이쿠는 일본 시가 문학을 대표하는 장르이다. 일본뿐 아니라 세계적으로도 하이쿠의 매력은 널리 인정받고 있다.

모란은 져서 부딪쳐 겹쳐진다. 꽃잎 두세 장
牧丹散つて打ちかさなりぬ二三片
— 요사 부손與謝蕪村

고요한 연못 개구리 뛰어드는 물소리 '퐁당'
古池や蛙(かわず)飛びこむ水の音
— 마쓰오 바쇼松尾芭蕉

김일로 선생의 시가 일본의 하이쿠와 비슷하다고 하는 사람도 있을 것이다. 그러나 한문과 가나를 섞어 음절 수를 5·7·5로 배열하여 17자로 완성하는 짧은 시가 하이쿠라면, 김일로의 시는 자수의 제한 없이 먼저 한글로 가능한 한 짧게 시를 쓰고 그것을 다시 한문구로 옮겨놓은 형태를 취한다. 그렇다고 해서 이 한문구가 한글시를 그대로 번역한 것은 아니다. 한글시의 의미를 가장 잘 살릴 수 있는 한문시를 따로 짓는다고 할 수 있을 만큼 비슷하면서도 다른 느낌이다. 세계적으로 우수한 소리글자인 한글과 세계에서 가장 발달한 뜻글자인 한자의 장점을 활용하여 한글시의 맛을 충분히 살리면서도 거기에 다시 한문시의 독특한 매력을 더해 양자가 서로 보완하고 상승하는 효과를 낸다. 한글시와 한문시가 서로 어우러져 오묘한 아름다움과 신비한 깊이, 짜릿한 감동을 준다. 이는 소리글자인 한글과 뜻글자인 한자를 동시에 사용하는 한국어 사용자만이 느낄 수 있는 감동이다.

　나는 김일로 선생의 한문구에 담긴 깊은 맛과 함축미에 온통 마음을 빼앗겼다. 읽으면 읽을수록 형언하기 어려운 오묘한 여운이 남았다. 그런데 한글 전용이라는 어문 정책 때문에 한문 교육을 제대로 받지 못해 한맹漢盲이나 다름없는 요즘 사람들이 과연 선생의 시를 제대로 이해할 수 있을까? 한글과 한문의 오묘한 결합에서 나온 이 깊고도 참신한 맛을 제대로 느낄 수 있을까? 학생들에게 읽혀보니 한글시 부분은 적잖이 이해했지만, 한문시 부분은 전혀 이해하지 못했다. 그래서 나는 한글시 부분은 그대로 두고, 한문시 부분을 한글로 옮겨야겠다는 생각을 했다. 이런 번역 작업이 오히려 원작의 깊은 맛을 해칠 수 있다는 생각을 하면서도 한글시와 한문시의 계합契合에서 오는 이 오묘한 느낌을 다른 사람들과 함께 나누고 싶다는 생각이 앞서 결국은 번역을 시작했다.

번역을 하면서 나는 더욱 깊은 감동을 받았다. 그 순간순간의 감동을 놓치지 않기 위해 각 시마다 짧은 글을 덧붙였다. '득도의 경지에 이른 대시인의 시에 어떻게 감히 사족을 붙일 수 있겠는가?'라는 생각도 들었지만, 한문을 잘 읽지 못하는 세대를 위한다는 핑계로 결국은 사족을 붙이고 말았다.

내가 붙인 이 사족을 뭐라고 표현해야 할까? 처음에는 '보술輔述'이라는 말을 사용하려고 했다. '보輔'는 흔히 '도울 보'라고 훈독하는데, '돕다'라는 뜻 외에 '수레의 양쪽 가장자리에 덧대는 나무'라는 뜻도 있으며 임금을 돕는 재상의 역할을 뜻하기도 한다. '輔'와 모양도 비슷하고 뜻도 유사한 글자로 '보補'가 있다. '기울 보'라고 훈독하며 '해진 옷을 깁다'라는 뜻으로, 이미 나쁜 상태가 된 것을 깁고 때워서 보충한다는 의미로 쓰인다. 이

에 반해 '輔'는 이미 좋은 상태에 있는 것을 더욱 좋아지
도록 돕는다는 의미이다. 즉 이미 최상의 자리에 있는 '왕
王'을 더욱 훌륭한 왕이 되도록 돕는 재상의 역할을 '輔'
라는 글자로 표현하는 것이다. '술述'은 흔히 '펼 술'이라
고 훈독하는데, '기록하여 펼쳐놓는다'는 뜻이다. 공자는
자신의 학문관을 '술이부작述而不作'이라는 말로 표현했
다. '다만 기술할 뿐 창작하지 않는다'는 뜻이다. 공자는
선왕先王(선대의 성자聖者와 현자賢者)들이 이미 좋은 말을
다 해놓았고 좋은 문화를 다 이룩해놓았으므로 굳이 자
신이 나서서 새로운 말을 하고 새로운 문화를 창조하려
할 게 아니라, 그것을 잘 정리하고 기술하여 후대에 전하
기만 하면 세상은 문명사회가 될 거라고 생각했다.

　　나는 공자가 말한 술이부작의 자세로 김일로 시의 뜻
을 펼쳐 보이는 일을 돕기로 했다. 결과적으로 도움이 될
지 해가 될지는 알 수 없으나 나름대로는 조금이라도 도
움이 되리라는 믿음으로 이 작업을 시작했다. 이러한 의
미의 '보술輔述'과 한문시를 한글로 '번역翻譯'했다는 의
미를 합쳐 '번역하고 보술했다'는 뜻으로 '역보譯輔'라는
말을 최종적으로 사용하기로 했다.

　　나는 김일로 선생의 시야말로 가장 앞선 한국 문학 장
르가 될 수 있다고 생각한다. 이 시들은 지난 2000년 동
안 빌려 써온 한자를 우리 문자로 정착시키고, 세계인들

에게도 한국어에서는 한글과 한자가 함께 쓰인다는 사실을 인식시키는 결정적인 역할을 할 수 있으리라 믿는다. 이를 위해서는 우선 김일로의 시가 가진 한글과 한문의 오묘한 계합성을 우리부터 이해해야 할 것이다. 우리가 먼저 이해하고, 그 아름다움을 잘 살려 전한다면 김일로의 시는 전 세계의 문학 독자들에게 일본의 하이쿠 못지 않은 사랑을 받을 수 있을 것이다. 나는 그런 포부를 안고 이 책을 집필했다.

　진정으로 아름다운 것은 누구의 눈에나 다 아름답게 보인다고 한다. 많은 독자들이 이 책을 통해 김일로 시의 매력에 젖어보았으면 하는 바람이다. 이 책을 출간하도록 적극 협조해주신 김일로 선생의 장자長子 김강 선생께 감사하고, 처음 김일로 선생의 시를 만나게 해준 법광(현재는 옹산으로 개명) 스님께도 감사드린다. 아울러 출판을 맡아주신 사계절출판사의 강맑실 사장께도 감사드린다.

2016년 9월
전북대학교 연구실 지경람고실持敬攬古室에서
김병기 지識

내가 여기 담은 것이 어떤 형태의 틀에 들어갈 것인지 모르나 관여할 생각이 없다. 다만 고희를 넘은 지 삼 년, 철없는 사람의 눈에 비친 것 가슴에 고인 것을 나름대로 짤막하게 옮겨보았을 뿐이다.

　한국에 태어나서 한국에 살다가 한국의 흙으로 돌아갈 한 백성으로서 한국이 지닌 아름다운 산수의 경색과 훈훈한 흙냄새가 몸에 배어 있어 풋고추의 알큰한 맛과 시래깃국이 풍기는 넉넉함을 사랑했다. 그러한 빛과 맛이 하나의 열매로 영글었으면 하는 바람이 없는 것도 아니었으나 막상 거두어놓고 보니 모두 설익은 것 아니면 상한 것뿐이어서 민망스럽기 이를 데 없다.

　그중에서 단 하나라도 싱그럽게 자라고 향기롭게 익은 것이 끼어 있었으면 했으나 그 하나가 없는 것 같아 더욱 민망스러울 뿐이다. 그 어느 분이든 내가 바라던 그 하나를 먼저 따내는 분이 계신다면 서슴없이 일어나 진실로 손이 아프도록 박수를 쳐드릴 생각이다.

　끝으로 이 글이 햇빛을 보기까지에는 이웃한 친지 여

러분의 끊임없는 성원이 계속된 탓도 있지만 그중에서도 특히 앞에서 또는 뒤에서 심려를 다한 계당桂堂 김죽희金 竹姬 문우文友 앞에 나의 고마운 심정을 전하고 싶다.

1982년 2월

만산설화滿山雪花 속의 백양사白羊寺 천진암天眞庵에서

김일로金一路

차례

추천의 글 · 4
들어가며 · 6
원저자 서문 · 15

春 봄 · 19

夏 여름 · 109

秋 가을 · 185

冬 겨울 · 253

나오며 · 324
김일로 약력 · 338

일러두기

1. 원시는 김일로 선생이 생전에 출간한 시집 『송산하頌山河』에 실린 시를 그대로 가져왔다. 시 앞에 붙인 번호도 그대로 따랐다. 단, 띄어쓰기는 현재의 맞춤법 통일안을 기준으로 일부분 수정하였다.
2. 병기한 한자 역시 『송산하』를 그대로 따랐다.
3. 일부 단어는 이해를 돕기 위해 간단한 뜻풀이를 각주로 덧붙였다.
4. 한문시 부분은 전부 번역했고, 번역은 직역을 원칙으로 했다.
5. 원시의 분위기를 최대한 지키기 위해 보술補述은 최소화했다.

봄

(1)

봄이 뜰 앞에

왔다는데

아직은

꽃도 나비도

이웃하지 않는

긴 긴 하루

지 지 불 래 대 춘 난
遲遲不來待春難

멈칫 멈칫
오잖는 봄
그 봄
기다리기
힘들어

여유가 없던 시절에는 모진 추위를 녹여줄 봄을 지금보다 훨씬 더 간절히 기다렸다. 꽁꽁 얼어붙어 있던 대지가 풀리면 너 나 할 것 없이 움츠렸던 몸과 마음을 열고 활짝 기지개를 켰다. 그런 봄이 이미 뜰 앞에까지 와 있다는데 그 낌새는 아직 보이지 않는다. 꽃도 피지 않고, 나비도 날지 않는다.

'춘래불사춘春來不似春', 봄이 오긴 했는데 봄 같지가 않다는 뜻이다. 이 말이 유행했던 1980년대 초 우리 사회에는 봄이 오는 듯하면서도 멈칫멈칫 오지 않았다. 군사독재정권이 무너지자 사람들은 겨울 추위와도 같았던 억압과 공포가 사라지고, 자유와 평화의 봄이 오리라 생각했다. 하지만 어쩐 일인지 그런 봄기운이 돌지 않았다. 이른바 신군부 세력이 등장해 다시 겨울을 이어갔기 때문이다.

김일로 시인은 아마 자연의 봄을 기다렸으리라. 그러나 다른 한편으로 우리 사회에 차가운 폭력이 사라지고, 평화의 봄바람이 불기를 간절히 소망했을 것이다. 자연의 봄도 더디 오고, 평화의 봄바람은 더더욱 불지 않으니 봄을 기다리기가 그리도 힘들다고 말한 것이다. 시인의 짧은 한 마디는 자연을 품은 너른 마음이자, 동시에 칼날같이 날카로운 풍자임을 느끼게 하는 시이다.

2

산기슭

물굽이

도는 나그네

지팡이

자국마다

고이는 봄비

望鄉旅人逢春雨

고향 그리는
나그네
봄비를
만나고 보니

중국의 시성 두보杜甫가 만년에 지은 「등고登高(높은 곳에 올라)」라는 시의 전련轉聯, 즉 5, 6구는 다음과 같다.

슬픈 가을, 만리타향에서 줄곧 나그네로 떠도는 신세
늙은 나이에 많은 병을 안은 채 홀로 누대에 올랐네.

萬里悲秋常作客
百年多病獨登臺

　가을은 누구에게나 조금은 슬픈 계절이다. 두보는 만리타향에서 나그네가 되어 가을을 맞았다. 그래서 더 슬프다. 나이라도 젊었더라면 그래도 괜찮을 것을, '백년百年'이라는 말로 보아 이미 늙은 나이다. 그래서 더더욱 슬프다. 몸이라도 건강하다면 그래도 좀 나을 것을, '다병多病'이라는 말로 보아 이미 병들어 쇠약한 모습이다. 그래서 슬픔이 더 깊다. 곁에 누구라도 있으면 그래도 나을 것을, '독獨'이라는 글자로 보아 주위에는 아무도 없다. 평지라면 그래도 좀 나을 것을, 높은 누대에 올라 저물어가는 가을 풍경을 한눈에 내려다보고 있다. 그래서 더 슬프다.
　고향을 그리는 나그네가 봄비를 만났을 때도 이렇게 슬플 것이다. 그래서 지팡이 자국마다 고이는 빗물은 빗물이 아니라 눈물이다.

3

복사꽃

그늘 아래

간 곳 없는 반달

꽃잎만

따보는

저녁 나그네

花影滿身不知行
화 영 만 신 부 지 행

몸 가득
꽃 그림자는
쏟아지는데
나는
갈 곳을
잊은 건지
갈 곳이
없는 건지

딱히 갈 곳도 없는 서러운 나그네지만 흐드러지게 핀 복사꽃을 만나고 보니 어느새 그 꽃에 취해 나그네 설움도 잊고, 가야 할 길도 잊었다. 아니, 길을 가야 한다는 사실조차 잊었다. 꽃나무에 가려 갑자기 간 곳 없이 사라진 반달. 나는 반달을 보지 못하는데 달빛은 온몸으로 가득 받고도 남을 만큼의 꽃 그림자를 내게 안겨준다. 그 꽃 그림자를 안고 한 잎 두 잎 꽃잎을 따보다가 불현듯 떠오른 것. 아참, 가야 하는구나! 오늘 밤 내 갈 길은 어디인가?

　　인생길이라는 게 이런 것이다. 휴식인 듯이 한눈을 팔고, 한눈파는 양 휴식을 하며 사는 게 인생이다. 미리 걱정할 게 무어람. 갈 때 가더라도 꽃을 만나면 꽃에 취해야지.

　　득의양양할 때면 소리 높여 노래를 부르고 실패했다 싶으면 그만두자.
　　근심 많고 한 많아도 유유자적하노라.
　　오늘 아침 술이 있으면 오늘 아침에 취하고
　　내일 걱정할 일이 생기면 내일 걱정하기로 하고.

得即高歌失即休
多愁多恨亦悠悠
今朝有酒今日醉
明日愁來明日愁

당나라 시인 나은羅隱의 「자견自遣(스스로 자신의 마음을 위로함)」이라는 시이다. 오늘 아침 술이 있으면 오늘 아침에 취하고, 내일 걱정할 일이 생기면 내일 걱정하기로 하자는 말은 결코 계획 없이 방탕하게 살자는 얘기가 아니다. 진정으로 부지런히 살자는 얘기다. 참으로 삶에 충실한 사람은 오늘 아침 술이 있으면 오늘 아침 최대한 즐겁게 그 술에 취하고, 내일 걱정할 일이 생기면 내일 걱정한다. 아직 닥치지도 않은 일을 미리 걱정하느라 술을 마시며 흥겨워해야 할 자리에서 긴장하고, 정작 걱정할 일이 닥쳤을 때는 문제에 정면으로 맞서지 않고 회피하는 사람이야말로 인생을 낭비하는 게으른 사람이다.

오늘 아침 술이 있으면 오늘 아침에 취하고, 내일 걱정할 일이 생기면 내일 걱정하기로 하자는 말은 계획을 초월하여 계획 밖의 계획으로 살자는 뜻이다. 단풍은 물들 계획을 미리 세워놓고서 조바심하지 않아도 어느 해나 때가 되면 어김없이 붉게 물들지 않던가!

몸 가득 꽃 그림자가 쏟아지는 달밤이라서 갈 길을 잊은 채 꽃잎만 따보는 나그네의 마음은 이미 꽃보다 아름답다.

4

꽃구름

휘감긴 이내 고향

쏘옥 쏙

빠져나오는

뻐꾸기

노래

山鳩歌聲花雲中
<small>산 구 가 성 화 운 중</small>

빼꾸기 노랫소리는
언제나
꽃구름 속에 들어 있지

구름은 언제나 꽃구름이다.

그리운 것은 아름답게 기억되기 때문이다.

고향의 꽃구름은 LP판을 돌리던 전축과 같다.

전축에서는 노랫소리가 쏘옥 쏙 흘러나오고

고향 꽃구름 속에서는 뻐꾸기 소리가 쏘옥 쏙 흘러나온다.

5

뻐꾸기

노래 속에

지는 꽃잎

수련수련

이고 가는

마을 시냇물

행 목 낙 화 승 계 수
杏木落花乘溪水

살구나무
떨어진 꽃잎은
시냇물을
타고 가네

<hr />

❋ 수련하다: 몸가짐이나 마음씨가 맑고 순수하다.

꽃잎은 승객이다.

시냇물은 배다.

살구꽃이 우수수 진다.

오늘은 승객이 많다.

수련수련,

소곤소곤,

때로는 왁자지껄

승객은 배를 타고 먼 길을 떠난다.

뻐꾸기가 노래를 한다.

하이킹의 노래인지

송별의 노래인지.

한 평 뜰에

모여서

활짝 웃는 꽃들

푸른 하늘

머리에 이고

모두 제 세상

<ruby>群<rt>군</rt></ruby> <ruby>芳<rt>방</rt></ruby> <ruby>笑<rt>소</rt></ruby> <ruby>顔<rt>안</rt></ruby> <ruby>無<rt>무</rt></ruby> <ruby>貴<rt>귀</rt></ruby> <ruby>賤<rt>천</rt></ruby>

群芳笑顔無貴賤

향기를 뿜는
뭇 꽃들의
웃는 얼굴에
무슨
귀하고 천함의
차별이 있으랴!

꽃은 그저 꽃일 뿐, 아름답지 않은 꽃이 어디 있으랴만 사람들은 그런 꽃마저도 분별심分別心으로 대하여 예쁜 꽃과 덜 예쁜 꽃으로 나눈다. 사람도 그저 사람일 뿐, 귀하지 않은 사람이 어디 있으랴만 평수坪數를 많이 차지하고 사는 못난 졸부일수록 '귀하신 몸' 티를 많이 낸다.

한 평 뜰에 모인 꽃들처럼 함께 웃고 사는 세상이면 얼마나 좋을까? 귀한 사람, 천한 사람 따지느라 스스로 담을 쌓고, 하찮은 '내 것' 챙기느라 부러 함께 웃는 일에 인색하여 결국은 형제도 이웃도 다 내치고 혼자 살며 외로워하는 사람이 측은해 보인다.

주변 사람들을 사랑하면서 반려동물도 사랑하는 사람은 늘 활짝 웃으며 사는 사람이다. 그러나 주변에 있는 따뜻한 사람들을 스스로 다 내치고서 어쩔 수 없는 외로움에 반려동물을 안고 있는 사람은 활짝 웃지 못한다. 꽃은 한 평 뜰에 모여서도 저리 활짝 웃는데.

7

이

땅 위에

빠알간 꽃이

저

하늘에

파아란 별이

人生歡苦天地間
인 생 환 고 천 지 간

하늘과 땅

사이에서

삶은

기쁘기도 하고

괴롭기도 하고

이 땅 위에서
빠알간 꽃은 빠알간 꽃을 피우며 살고.

저 하늘에서
파아란 별은 파아란 별의 자리를 지키며 살고.

그 하늘과 땅 사이에서
사람은
기쁠 때는 기쁨으로 살고
괴로울 때면 괴로움을 이기며 살고.

빠알간 꽃과 파아란 별에 인생의 기쁨과 괴로움을 빗
댄 시인의 생각이 놀랍다. 빠알간 꽃과 파아란 별이 아무
일 없이 제 몫만큼 늘 그 자리에 있듯 우리네 인생에 찾아
든 기쁨과 괴로움도 제 몫의 이유가 있어서 찾아든 것이
니 오면 오는 대로 맞고 가면 가는 대로 비우라는 뜻이 아
닐까?

꽃

피는 소리

산새 소리

개울물 소리

구름 따라

가는 소리

<ruby>白雲從聲大小曲<rt>백 운 종 성 대 소 곡</rt></ruby>

흰 구름은
자연의 소리를 좇아
큰 음악
작은 음악
온갖 음악을
만들어내네

꽃은 웃어도 소리를 들을 수 없고
새는 울어도 눈물을 보기 어렵다.

花_화笑_소聲_성未_미聽_청
鳥_조啼_제淚_누難_난看_간

『추구집推句集』에 실려 있는 한 구절이다. 꽃의 웃음
소리를 들을 수 없다고 하지만 나는 가끔 자지러지게 핀
꽃밭 앞에서 자지러지게 쏟아지는 꽃의 웃음소리를 듣는
때가 있다. 환청일까?

꽃 피는 소리, 산새 소리, 개울물 소리……. 이 소리들
이 사라지는가 싶더니 어디론가 간다. 구름을 좇아간다.
구름 따라 가는 줄로만 알았더니 외려 구름이 소리를 받
아 각각의 소리로 크고 작은 음악을 만들어 세상에 뿌린
다. 다시 공중에 흩어지는 음악 소리, 그렇게 흘러가면서
흩어지는 아름다운 소리는 모든 생명의 소리이고 그 속
에는 사람의 소리도 끼어 있을 것이다.

무엇 때문에 실(현악기)과 대나무(관악기)가 필요하겠소?
산수 속에 맑은 음악이 있는데.

何_하必_필絲_사與_여竹_죽

산 수 유 청 음
山水有淸音

중국 진晉나라 때의 시인 좌사左思의 「초은招隱」에 나
오는 구절이다. 전해오는 말에 의하면 양梁나라의 소명태
자가 어느 날 뱃놀이를 하게 되었는데 그를 따르던 문인
후궤侯軌라는 사람이 아첨하여 말하기를 "이만한 뱃놀이
에 여인과 음악이 없어서야 되겠습니까?"라고 하자, 소
명태자는 다른 말은 하지 않고 좌사의 이 시구절만 읊었
다고 한다. 아첨했던 후궤는 얼마나 무안했을까?

노래방의 싸늘한 기계 앞에 서서 목청껏 노래를 부르
는 사람의 모습이 왠지 처량해 보일 때가 있다. 자연의 맑
은 소리를 듣고 자연의 합창에 끼어들 수도 있어야 한다.
계곡의 물소리, 너럭바위에 누워서 듣는 솔바람 소리, 바
위에 부딪치는 파도소리, 구름 따라 가는 소리……. 이보
다 더 좋은 음악이 어디에 있으랴!

何水絲竹
以為音清
音
左句
莊散人 書

9

하늘로 치솟는

첩첩 설악雪嶽

우러러

숙연한데

인고유장人苦流長

말해 무엇하리

嶺東雪嶽有感 於神興寺前

신흥사 앞에서
영동설악을 바라보며
느끼다

수억 년 전부터 흙과 돌이 첩첩이 쌓여 이룬 설악산
바라만 봐도 그 쌓임 때문에 우러러 숙연한데
그에 비하면 길어봤자 100년 쌓인 우리 인생의 고난.
어디 얘깃거리나 되겠는가?
말해 무엇하리.
설악 앞에 겸손하리라.

파아란 하늘에

눈부신

홍보석 하나

이고 가는

오솔길에

맞는 진달래

귀 향 로 방 영 소 화
歸鄕路傍迎笑花

고향으로
돌아가는 길가에서
웃고 있는 꽃과
마주 했네

꼭 금의환향錦衣還鄉이 아니더라도 고향으로 돌아가는 길은 설렌다. 길가의 꽃이 웃음으로 맞아준다면 다시 무엇을 바라랴. 땅과 물이 바로 고향이다. 맨손으로 돌아와도 땅과 물은 우리에게 다시 삶을 준다. 그런데 지금 사람들은 돌아갈 고향이 없다. 도시의 콘크리트 문명에서 태어나 아스팔트 길에서 살아온 요즘 사람들은 흙과 물이 생명인 줄을 모르기 때문에 돌아갈 곳이 없는 것이다. 돈 주고 사는 마켓의 먹을거리 '상품'만이 생명을 이어주는 것으로 안다. 그들에겐 돈이 곧 생명이고 고향이다. 돈이 떨어지면 죽는 줄로 안다. 그래서 도시 인심은 돈 앞에서 더욱 사나워진다.

고향의 땅과 물에서 살다가 서울로 올라와 한동안 치열한 삶을 살아온 '서울 사람'과 처음부터 콘크리트 건물과 아스팔트 길로 덮인 서울에서 태어나 편리하게 살아온 또 한 부류의 '서울 사람'은 종種이 다르다. 마음 안에 언제라도 돌아갈 곳이 있는 것과 아무리 둘러봐도 콘크리트와 아스팔트밖에는 돌아갈 곳이 없는 것은 종이 다르다고 할 만큼의 큰 차이다. 도시에 살더라도 문명의 편리함에만 젖을 게 아니라, 흙과 물의 가치를 돌아보면 좋을 것이다. 흙과 물을 모르는 사람이 파아란 하늘의 붉은 태양을 머리에 둔 채 길가에 피어 웃음 짓는 꽃인들 알겠는가? 그저 배달되는 꽃다발만 알 뿐이지.

고향의 소중함을 말하다 보니 도시 사람을 너무 다그친 것 같아 문득 미안한 생각이 든다. '바쁜 현대'라는 이름 아래 스스로 차고 있는 족쇄만 벗어내면 손길이 머물고 발길이 닿는 곳 모두가 다 고향일 텐데, 그걸 그렇게 어렵게 생각하는 나를 포함한 우리 현대인의 생활이 안타까워서 한 말이다.

홍보석 하나
이고 가는
오솔길에
맞는 진달래

김일로 시인의 시는 이리도 따뜻한데 말이다.

11

저

몸가짐

이 숨소리

돌 한 개

풀 한 포기면

좋을 것을

<ruby>一石一艸人不及</ruby>
일 석 일 초 인 불 급
一石一艸人不及

사람?
돌 한 개
풀 한 포기에도
미치지 못하는 존재인 것을!

'사람이 마치 돌 한 개, 풀 한 포기처럼 자연스럽고 욕심 없는 몸가짐과 고요한 생명력을 닮을 수 있으면 얼마나 좋을까?' 한글시가 담고 있는 뜻이다. 빼어난 한글시임에 틀림이 없다. 그런데 김일로 시인은 이를 한문으로 '一石 一艸人不及'이라고 다시 읊었다. "사람? / 돌 한 개 / 풀 한 포기에도 / 미치지 못하는 존재인 것을!"이라고. 신들린 솜씨라고 할 만하다. 한글과 함께 한문의 맛을 알면 이 시를 보다 깊고 맛있게 읽을 수 있다.

　　여기서 돌과 풀(난초)을 그린 그림 한 폭을 소개하려 한다. 더불어 제화시題畫詩(그림에 붙인 시)도 소개하겠다. 돌 한 개, 풀 한 포기보다 못한 점이 너무 많은 사람이라서 더 배우고 싶어 덧붙이는 그림이고 시이다.

　　돌의 성질은 굳세고 단단한 것,

　　난초의 마음은 평화롭고 고요한 것.

　　난초는 돌에 의지함 없이 땡볕 아래서는 살 수가 없다네.

　　그런데, 돌의 모습은 오히려 난초에 의해 정해진다네.

석 성 개 이 견
石性介而堅

난 심 화 차 정
蘭心和且靜

난 비 의 불 생
蘭非依不生

석 각 의 란 정
石却依蘭定

남편은 돌을 배우고 아내는 난초를 배우면 어떨까? 그 반대여도 좋고. 부모는 돌, 자식은 난초. 스승은 돌, 학생은 난초……. 부모나 스승 없이는 자식이나 학생이 잘 자랄 수 없다. 그런데, 부모나 스승의 모습은 결국 자식이나 학생에 의해 정해진다.

12

그 산에

진달래

피었으리

이 마음 살펴

두견새도

울고 있으리

춘 일 사 모 거 불 귀
春日思母去不歸

봄날의
어머니 생각
외길로만 치달려 갈 뿐
되돌릴 길이 없네

'거불귀去不歸'는 가기만 할 뿐 돌아오지 않는다는 뜻이다. 여기서는 생각이 한 방향으로만 내달릴 뿐 되돌릴 수 없다는 의미로 쓰였다.

어머니! 듣기만 해도 눈물이 나는 이름인데 그런 어머니를 향해 치닫는 그리움을 되돌리기가 어찌 쉽겠는가? 그리움이란 본래가 아련한 것인데 아련히 아지랑이가 피어나는 봄날이라 그리움이 더하다. 진달래가 피어 있으니 더 그립다. 내 그리움을 알기라도 하는 듯이 두견새가 울고 있다. 어머니 생각이 더 깊어진다.

진달래는 한자어로 두견화杜鵑花라고도 한다. 진달래와 두견새, 즉 두견화와 두견새에는 따르는 전설이 있다 (57번 시 참조).

봄을 맞는

만상萬象

한 뜻으로

쓰고 있는

푸른

시詩 한 수

영 춘 만 상 일 수 시
迎春萬象一首詩

봄을 맞는
삼라만상이
모두
한목소리로
시 한 수

봄을 맞는 삼라만상이 모두 한목소리로 시를 읊는다. 그
시의 제목은 '푸름'이다. 대자연의 푸른 합창에서 사람만
자꾸 스스로 빠지려 한다. 그렇게 노래 부르는 자연보다
자신이 더 잘난 존재라고 생각하면서.

　　만상이 푸른 시를 쓰고 있는 봄에는 사람도 푸른 시를
쓸 일이다. 조선시대 고승인 서산대사가 묘향산 일선암一
禪庵의 벽에 쓴 시「제일선암벽시題一禪庵壁詩」를 보자.

　　산 절로 푸르고

　　구름 절로 흰데

　　그 가운데 한 스님

　　그저 그렇게 무심히 지나(살다)가는 나그네

　　山自無心碧

　　雲自無心白

　　其中一上人

　　亦是無心客

　　'무심無心'하기가 어려운 일이다. '마음을 쓰는 일이
전혀 없는 것'이 무심이다. 애쓰지 않는 것이 무심이다.
산은 '이제부터 푸르러야겠다'는 결심도 각오도 계획도

없지만 때가 되면 그저 그냥 푸르다. 구름도 그저 그냥 희다. 서산대사는 그러한 산과 구름과 어울려 또한 그저 그냥 잠시 왔다 가는 나그네로 살고자 했다. 그래서 고승대덕高僧大德이다. 삼라만상이 무심히 푸르러지는 봄에는 우리네 사람도 잘난 체 그만하고 함께 어울려 그저 그냥 푸르게 살자. 푸른 시를 쓰자.

14

하늘

땅이

빚은 이슬

저 혼자

마시고

흥겨운 노래

선 객 로 주 과 음 적 취 미 성

蟬客 露酒過飮 積醉未醒

천 지 요 요 신 요 요

天地搖搖 身搖搖

매미 나그네께서

이슬이 빚은 술을 과음하셨나

쌓인 취기가

아직 깨지 않아

하늘도 땅도 흔들흔들

이내 몸도 흔들흔들

굳이 제목을 붙이자면 '매미'라고 해야 할까? 자지러지게 울고 있는 매미를 이렇게 표현하다니! 한글과 한문의 오묘한 계합이 놀라울 따름이다.

　　매미의 울림통이 울어
　　'쓰르르 맴맴'
　　소리를 낼 때면

　　그 소리로 인해
　　매미의 몸도
　　'바르르' 떨리고
　　그 소리가 번져
　　미루나무, 버드나무, 초가집, 기와집…….
　　온 세상이 떨리고.

　　노래로 번지고.

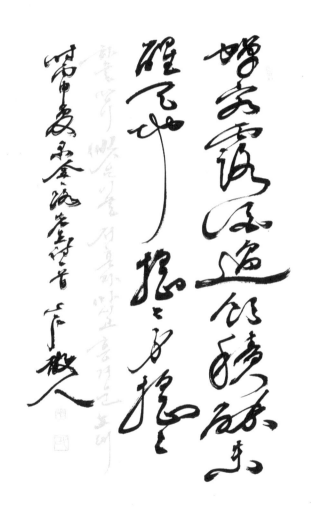

15

푸른 뜻

타는 정이

잔설殘雪 위에 꽂혀 있어

시린 손 부벼가며

내가 반해

신발 찾네

청 죽 홍 매 잔 설 리
青竹紅梅殘雪裏

잔설 속의
푸른 대나무와
붉은 매화

눈 밭 위에 서 있는 푸른 대나무와 붉은 매화.
지조가 있는 사람이라면 반할 만한 대상이다.
그러니 아무리 춥더라도 시린 손발을 비벼가면서라도
그 푸른 잎과 붉은 꽃을 보러 가야지.
아무리 어렵더라도 그 지조를 저버리지 말아야지.

"여보, 나는 청죽으로 살려오."
"아! 당신, 나는 홍매로 살 거예요."

봄을 안고

대지는 떨고

나인

너를 위해

인간人間은

울고

흉 중 정 분 지 신 난
胸中情分持身難

가슴에
나누고 싶은
정이
가득한 사람은
그 정의 무게로
몸 가누기가 쉽지 않다오

다시 찾아와준 봄이 너무 반가워 대지는 그 봄을 안고서
감격에 떨고, '네'가 아니라 '나'라고 해야 할 만큼 소중한
너를 생각하며 나는 언제나 사랑의 조바심 때문에 울고.

　한글시만으로는 깊은 뜻을 헤아리기가 쉽지 않다.
한문을 함께 읽고 보니 시의 뜻이 가슴에 쿵쾅대며 다가
온다. 정情의 무게로 몸 가누기가 쉽지 않다니!

17

화운花雲 속에

잠긴 낙산사落山寺

만상萬象을

하나로 감싸는

군봉群蜂의

염불 소리

춘 일 낙 산 사 소 견
春日落山寺所見

봄날
낙산사에서
본 것

곳곳이 부처님이요,

일마다 불공양이라.

처 처 불 상
處處佛像

사 사 불 공
事事佛供

— 원불교 교리

부처님 마음으로 보면 세상에 부처 아닌 것이 없고

부처님 마음으로 일을 하면 공양 아닌 것이 없다.

꿀을 따는 벌들의 날갯짓 소리도 염불로 들린다.

뭇 벌들이 다 염불을 하는데

사람이 어찌 우두커니 서 있을 수 있으랴.

손정윤, 『원불교사전』, 원불교출판사, 2001.

이슬이면 좋을 것을

해 뜨자 사라져도 좋을 것을

아름다운

산천초목

젖을 주고

가는 길이 좋을 것을

일 조 결 로 만 상 유
一朝結露萬象乳

아침에 맺힌
이슬은
만물에게
주는 젖

어차피 초로인생草露人生이라면
누군가의 목마름에 도움을 주어야 하지 않겠는가?
해가 뜨면 사라질 짧은 생애지만
이슬은 만물에게 젖을 주고 가는데
사람은 누구에게 무엇을 주고 가는가?

온통 자연을 해쳐서 제 편함만 추구하다 간다.
산천초목에게 물 한 방울 바람 한 점도 주지 못하면서
심지어는 자연의 골수까지 빼먹다가 간다.

제가 벌었다고 제 입에 맛있는 음식 넣고
제 몸에 좋은 옷 걸치는 일과
제 몸 즐거울 일만 생각하다 간다.

알고 보면 사람이 가장 하등동물이다.

19

꽃다운

이름을 지닌

꽃이 아니더라도

파아란 하늘 아래

활짝 피는

꽃이게 하옵소서

과 망 불 기 원 자 적
過望不祈願自適

분에 넘치는 소망은
빌지 않겠습니다
그저
내 분에 맞게
거리낌 없이 살기를
바랍니다

저렇게 푸르고 아름다운 하늘 아래 살면서도 그 하늘이 아름다운 줄을 모르고 고개 숙인 채 사는 사람이 있다. 늘 헛된 욕심에 사로잡혀 유유자적할 줄을 모르기 때문에 하늘을 향해 머리를 치켜든다 해도 파란 하늘이 보이지 않고, 자기 욕심 안에서 그리고 있는 일만 눈앞에 아른거린다. 그런가 하면 윤동주 시인은 하늘을 향해 다음과 같이 다짐했다.

> 죽는 날까지 하늘을 우러러
> 한 점 부끄럼이 없기를
> 잎새에 이는 바람에도
> 나는 괴로워했다.

하늘은 양심을 비춰보는 거울이다. 그 거울에 비춰본 자신의 모습에 한 점 부끄러움이 없도록 살고자 했다. 그런데 그렇게 부끄러움 없이 살기가 쉽지 않다. 내 마음의 잎새엔 늘 소요와 갈등의 바람이 분다. 그런 바람이 불 때마다 하늘에 대해 부끄러운 일을 할까 봐 괴롭다. 윤동주 시인도 하늘을 향해 분수를 모르는 지나친 소망을 빌까 봐 그렇게 괴로워한 것이다. 한 점 부끄러움도 괴로움도 없이 스스로 편안할 수 있는 양심으로 살기를 바란 것이다.

만약 사람 사람마다 기도하는 대로 다 이루어진다면
조물주는 하루에도 천 번은 변해야 할 것이다.

若使人人禱則遂
약 사 인 인 도 즉 수

造物應須日千變
조 물 응 수 일 천 변

중국 송나라 때의 문인 소동파蘇東坡가 쓴「사주승가
탑泗州僧伽塔」시의 한 구절이다. 세상에 소원이 없는 사람
이 어디에 있으랴. 그러나 하늘은 아무 소원이나 다 들어
주지 않는다. 사람마다 다른 소원을 다 들어주려면 하늘
은 선악과 시비의 판단 기준을 하루에도 수백, 수천 번씩
바꿔야 할 것이다. 빌어서 될 일이 아니다. 자기 안에 이
미 자리하고 있는 하늘의 말씀을 잘 들어서 파아란 하늘
아래 활짝 피는 꽃처럼 살아야 한다.

20

꽃씨 하나

얻으려고 일 년

그

꽃

보려고

다시 일 년

一花難見日常事

꽃 한 송이 보기도
쉽지 않은 게
우리네 삶이런만

만약 꽃의 삶이 없다면 우리는 일상에서 단 한 송이의 꽃도 볼 수 없다. 꽃을 본다는 건 꽃의 삶을 존중해주었을 때 얻는 복이다. 불과 몇 분이면 한 대씩 쏟아져 나오는 자동차가 어찌 1년씩 기다려야 얻을 수 있는 꽃씨, 그리고 아무리 조작을 하고 조합을 해도 사람의 손으로는 도저히 만들 수 없는 그 작은 꽃씨에 비할 바이겠는가! 자연의 그 엄숙한 순환성을 말한 시로 이만한 시가 또 있을까?

우리가 자연을 그처럼 홀시하고 막 대해도 자연은 그저 헤벌쭉 웃을 뿐 우리에게 앙갚음하려 하지 않는다. 여전히 꽃도 피워주고 녹음도 드리워준다. 우리가 오늘도 꽃을 볼 수 있는 까닭은 순전히 꽃의 '너그러운 이해심' 때문이지 인간에게 꽃의 아름다움을 향유할 자격이 있어서가 아니다. 지금까지 인간이 자연을 향해 해온 소행으로 보자면, 꽃이 주는 아름다움을 여전히 향유한다는 것은 철면피 짓이다. 얼마나 많은 꽃들의 생명을 뚝뚝 잘라다가 잠시 '소모품'으로 사용한 다음 내팽개쳤던가? 꽃은 결코 아무 때나 볼 수 있는 게 아니라, 1년을 간절히 기다려야 볼 수 있는 귀한 것임을 깨닫고 그에 대한 그리움을 가져야 한다. 더욱이 꽃의 '너그러운 이해심'이 없다면 단 한 송이조차도 보기 쉽지 않은 게 우리네 삶이라는 것을 알아야 한다.

우리가 물질문명의 발전이 가져다준 풍요를 누리는 바탕에는 꽃씨, 풀씨, 그 밖의 온갖 씨앗이 품고 있는 생명의 소중함이 있다는 사실을 잊지 말자. 꽃씨 하나의 생명을 하찮게 여기는 것은 곧 우리 스스로의 생명을 하찮게 여기는 것이기 때문이다.

21

꽃향기가

하도 매워

시내 찾아

달을 핥는

사슴

한 쌍

^{화 향 취 록 독 반 월}
花香醉鹿讀半月

꽃향기에
취한 사슴
반달을
읽고 있네

꽃은 맘껏 향기를 풍기고
사슴은 맵도록 진한 그 향기에 취하여
시냇물을 마시러 왔는데
물에는 또 달이 비쳐
사슴은 물을 마시면서 그 달을 본다.
그것도 한 마리가 아닌
지독하게도 다정한 한 쌍의 사슴이.

물을 마시느라 몸을 구부린 채 물속에 잠긴 달을 보는
사슴의 모습을 '반달을 읽고 있다讀半月'라고 말한 시인의
참신하고 섬세한 표현력이 감탄스럽다.

수련수련

흘러가는

계수溪水에 얹혀

밤 새워

떠내려간

나의 잠자리

溪聲終夜不離身 於小金剛

밤이 새도록
시냇물 소리는
내 곁을 떠나지 않았네
소금강에서

시냇물 위에 얹힌 채 밤새 수런수런 떠내려간 시인의 잠자리가 참 부럽다. 세상에 이처럼 복 받은 불면증도 있다니. 중국 송나라 시인 소동파도 불면증에 시달렸다.

읽은 책 오천 권으로 창자의 버팀목을 삼거나 배에 굄목을 대려 들지 말자.
단지 원하는 건 내가 필요할 때면 언제라도 차 한 잔이 늘 곁에 있고 해가 중천에 떠오를 때까지 충분히 잠을 자는 것.

不用撐腸拄腹文字五千卷
但願一甌常及睡足日高時

— 소동파, 「시원전차試院煎茶(시원에서 차를 달이며)」

불면증처럼 괴로운 병도 많지 않을 것이다. 쓸데없는 생각 때문에 잠을 이루지 못하고 뒤척이는 속인俗人에게 '해가 중천에 떠오를 때까지 잠을 충분히 자는 것'은 소원일 수밖에 없다. 뭔가 대단한 일을 한다고 하는 '잘난' 사람들은 대개 이런 불면증에 시달린다. 시면 시, 문장이면 문장, 서예면 서예, 그림이면 그림, 어느 방면에서나 천하제일이라는 평을 받은 소동파도 무엇 때문인지는 모르나 그리도 잠을 못 이루고서 '해가 중천에 높이 떠오를 때까지 잠을 충분히 자는 것'이 소원이라고 하였으니 하물며 그보다 못한 범인凡人들에 있어서랴! 그러니 "밤이 새도록 / 시냇물 소리는 / 내 곁을 떠나지 않았네"라고 말하는 시인의 '즐기는 불면'이 부러울 수밖에.

2014년 음력 섣달 어느 날 유난히도 잠을 못 이루던 밤, 나는 붓을 들어 이렇게 써보았다.

我是多愁少睡人, 呵呵! 其故何在乎?
아 시 다 수 소 수 인　아 아　기 고 하 재 호

나는 수심은 많고 잠은 적은 사람, 아아! 그 까닭이 어디에 있을까?

꽃이 지는 낙가사洛伽寺

외줄기 약수藥水는

차가운데

웃는가 우는가

산새 한 마리

晚春洛伽寺所見
_{만 춘 낙 가 사 소 견}

늦봄,
낙가사에서
본 것

낙가사에 본 것이 이렇단다. 시인은 다른 말을 하지 않았다. 그저 낙가사에서 본 것이 이렇다고만 했다. 그런데,

웃는가 우는가
산새 한 마리

한글시의 마무리에 담긴 외로움 때문에 조금 아려오던 가슴이

晚春洛伽寺所見(늦봄, 낙가사에서 본 것)

한문시에 이르러 '쿵' 하고 내려앉을 만큼 더욱 아려온다. 얼마나 외로웠으면 늦봄의 흐드러진 꽃 풍경 같은 것은 하나도 안 보이고, 낙가사에서 본 것이 단지 '산새 한 마리'였단 말인가? 한글과 한문의 오묘한 계합을 다시 한 번 느끼게 하는 시이다.

봄날이 간다. 꽃이 진다. 늦봄인데도 약수가 차갑다. 깊은 산골이라서 그렇다. 그렇게 깊은 산골에서 결국 내 눈에 보이는 것은 산새 한 마리뿐이다. 산새가 뭐라고 소리를 낸다. 우는 건지, 웃는 건지…….

주변에 사람이 없어서

깊디깊은 고향에
홀로 사시는 어머니.

전기밥솥이 하는 말
"취사가 완료 되었습니다."

그 목소리라도 듣는 것이 하도 반가워
"그래, 밥 다 됐느냐?"
하는 혼잣말.

말씀하시는 건지, 웃으시는 건지, 우시는 건지…….

24

내사

뻐꾸기

벗 삼아

산촌에 살래

뻐꾹

뻐 뻐꾹

산 구 일 곡 호 우 성
山鳩一曲好友聲

뻐꾸기 노래
한 곡은
좋은 친구의
목소리

김일로 선생의 장자는 내게 이 시를 짓게 된 배경에 대해 다음과 같은 이야기를 들려주었다.

"선친은 문인들과 거의 교류를 하지 않았습니다. 어쩌다 상경하면 동요 〈고향의 봄〉의 작사가인 이원수 선생만 만나곤 하셨습니다. 나이도 동갑이라 두 분은 더러 장난도 치시며 격의 없이 지내셨습니다. 어느 날 이원수 선생님이 약속 시간에 나타나지 않으셨답니다. 2시간 넘게 기다리다가 다방 여주인한테 이원수 선생이 오시거든 드리라며 쪽지 하나를 건네고 오셨답니다. 그 쪽지의 내용이 바로 이 시입니다. 쪽지의 원래 내용은 다음과 같습니다.

네거리에서 자네나 살게
내사 뻐꾸기 벗 삼아 산촌에 살래 뻐꾹 뻐 뻐꾹

나중에 이 쪽지를 받은 이원수 선생님이 선친께 전화를 걸어 '일로온(一路온, '이리로 오시게'라는 뜻). 자네 참 못됐다. 나는 장돌뱅이로 만들어놓고 자기는 신선이 되고' 하시며 서로 호탕하게 웃으셨습니다."

신선들의 이야기 같다. 은거하겠다고 호들갑을 떨거나 허세를 부리는 것은 진정한 은거가 아니다. 굳이 깊은 산으로 들어가지 않고 사람이 사는 동네에서 사람과 더불어 살아도 항상 마음은 자연 속에 있어야 진정한 은거이다. 그게 바로 시은市隱(도시 속의 은거)이자 대은大隱이다. 중국 당나라 시인 왕유王維는 다음과 같은 시를 지었다.

　　그윽한 대숲에 홀로 앉아서
　　금을 뜯다가 다시 긴 휘파람을 불다가
　　깊은 숲속이라 아무도 내가 여기 사는 줄을 모르는데
　　밝은 달이 내려와 나와 마주하네.

　　獨坐幽篁裏
　　獨　坐　幽　篁　裏

　　彈琴復長嘯
　　彈　琴　復　長　嘯

　　深林人不知
　　深　林　人　不　知

　　明月來相照
　　明　月　來　相　照

　　— 왕유, 「죽리관竹里館」

　숲에 홀로 앉아 온종일 금琴을 뜯기도 하고 휘파람을 불기도 하면서 지내도 전혀 지루하지도 따분하지도 외롭지도 않다. 어느새 밤이 되자, 둥근 달이 내려와 인사를 한다. 더없이 반갑다.

　뻐꾸기 벗 삼아 산촌에 살며 뻐꾸기 노래를 친구의 목소리로 듣는 사람은 외로울 틈이 없다. 친구가 하루 종일 노래를 불러주니 말이다.

25

소나무

가지 끝에

달랑

앉아

봄맞이 노래로

해 지는 멧새

춘 일 선 객 환 가 중
春日仙客歡歌中

봄날
기쁨의 노래에 빠진
신선
멧새

소나무 가지 끝에 달랑 앉아 있는 모습이 외롭다. 그런데도 새는 노래를 부른다. 새는 봄이라는 이유만으로도 저렇게 기쁜 노래를 부른다. 사람이 보기에 외로운 모습이지 새는 노래를 부르고 있다. 아니다. 사람이 보기에 노래 부르고 있을 뿐 실지로 새는 무척 외로울 수도 있다. 결국은 사람이다. 새를 외롭게 봄도 기쁨의 노래를 부르는 것으로 봄도 다 사람의 판단이다. 외로운 사람은 외로움으로 보고 기쁜 사람은 기쁨으로 본다.

멧새를 기쁨의 노래에 빠진 신선으로 본 시인은 그 자신이 이미 늘 기쁨으로 사는 신선이다.

산기슭

휘돌아

앞에 선 벗님

봄비 맞아

젖은 옷에

청산靑山의 향기

면 전 습 의 청 산 향

面前濕衣青山香

앞서가는
젖은 옷에 배인
청산의 향기

뒤따라가는 나에겐들 청산의 향기가 배이지 않으랴만 앞서가는 사람의 옷에 배인 향기가 더 진하다. 그래서 그 향기를 먼저 맡는다. 앞사람에 대한 추앙일까? 시샘일까? 아마도 추앙이리라. 뒤를 따르는 제자는 앞선 선생님의 향기를 항상 부러워하며 따라야 할 터! 추사秋史 김정희金正喜가 서예 작품으로 남긴 당나라 시인 시견오施肩吾의 시 가운데 다음과 같은 구절이 있다.

소나무 숲길에서 나막신 한 짝을 줍고 보니
스승께서도 이 길을 따라 가셨음을 알게 되었네.
송 림 습 득 일 편 극
松林拾得一片屐
지 시 고 인 종 차 행
知是高人從此行

— 시견오, 「기은자寄隱者(은자에게)」의 3, 4구

앞선 사람의 실력과 향기를 흠모하는 사람이야말로 진정으로 앞서가는 사람이다. 청산의 향기가 몸에 밴 사람!

27

황홀한

이 빛깔

꽃을 피게 한

거룩한 그 손으로

내 눈도

닦았으리

천 지 조 성 개 신 품
天地造成皆神品

하늘과 땅이
만든 것이라면
어느 것 하나
신품이
아닌 게 없음에

하늘과 땅의 협업으로 만든 꽃이 저리도 예쁘니
그렇게 예쁜 꽃을 볼 수 있도록
나를 만들어 내 눈을 뜨게 한
그 손 또한
거룩하신 하늘과 땅의 손이리니
나 또한 꽃처럼 아름다운 존재.

꽃도 나도 모두가 신품神品.

꽃은
저리도 아름다운데
내라서
꽃보다 더 아름답지 않아야 할 이유가 없다.

파아란 보리 이랑은

산으로 기어오르는

밀물인데

꿈을 캐는

연분홍 치마

난 춘 채 몽 소 녀 시
暖春採夢少女時

따뜻한 봄날
꿈을 캐던
소녀 시절

김일로 선생의 자제가 전하는 말에 의하면 선생께서는 마지막 구절 "연분홍 치마"를 "송화색 저고리에 연분홍 치마"로 바꾸라 일렀다고 한다. 송화색 저고리를 하나 더 보태는 것이 소녀를 더욱 '봄날의' 소녀로 보이게 할 수 있기 때문이리라.

"야! 탐스럽다."
하면서 캐는 나물은 이미 나물이 아니다.
그렇게 탐스러워지고 싶은 소녀의 꿈이다.
"야! 예쁘다."
하면서 쓰다듬는 들꽃은 이미 들꽃이 아니다.
그렇게 아름다워지고 싶은 소녀의 꿈이다.

밀물이 되어 기어오르는 파아란 보리 이랑의
그 푸르름 속이라서 더더욱 고운
송화색 저고리 연분홍 치마의 소녀는
탐스럽고, 아름답고, 맑고, 고운 꿈을 캐고 있다.

이보다 아름다운 봄날의 풍경이 또 있을까?
아니다.
봄날의 풍경이 아름다운 게 아니라
이제 보니 소녀 적, 그 시절이 아름답다.

29

아득한

삼천리

피는 꽃구름

뻐꾸기

노래 싣고

오는 나룻배

<ruby>華<rt>화</rt></ruby> <ruby>麗<rt>려</rt></ruby> <ruby>江<rt>강</rt></ruby> <ruby>山<rt>산</rt></ruby> <ruby>春<rt>춘</rt></ruby> <ruby>日<rt>일</rt></ruby> <ruby>閑<rt>한</rt></ruby>

아름다운 강산
봄날은 한가로워

어머니 품속에서 꿈을 꾸는 아이.
품처럼 아늑하고 꿈처럼 아득한 이 강산.

피어나는 꽃구름 속에서
쏘옥 쏘옥
빠져나오는 뻐꾸기 노랫소리

그 노래를 싣고 오는 나룻배
……
……

시인은 영원히 어머니 품에 안겨 사는 어린아이다. 대지의 품 안에 사는 대지의 어린아이다. 어린아이는 바쁠 일이 없다. 그래서 시인의 봄날은 이리도 한가하다. 시인의 봄날, 행복하지 않은가! 잃어버린 시심을 회복할 일이다. 시를 쓸 일이다. 시로 한가한 행복을 다시 불러들일 일이다.

30

울지 말자

이르며 우는

이 뜨거운 가슴

흐르는

세월 보고

식히랄 밖에

<ruby>隨<rt>수</rt></ruby><ruby>來<rt>래</rt></ruby><ruby>人<rt>인</rt></ruby><ruby>苦<rt>고</rt></ruby><ruby>載<rt>재</rt></ruby><ruby>歲<rt>세</rt></ruby><ruby>月<rt>월</rt></ruby>

자꾸만 따라오는
삶의 고난은
세월 위에
실어 보낼 수밖에

이 또한 흘러가는 것이려니

물
바람
구름
세월

이 흘러가는
것들이
모두
나의 스승.

꿩 소리

귀에

담는

황소 눈에

떠가는

흰 구름

錦繡山河春日長

금수강산의
봄날은
길어

황소는 꿩의 꾸욱꾸욱 대는 소리를 귀에 담고,
그 황소의 큰 눈에는 구름이 떠가고…….

이보다 평화로운 풍경이 어디 있으랴. 금수강산의 봄
이 한가하고 긴 이유이다. 김일로 시인의 장자 김강 선생
이 전하는 말에 의하면 시인께서는 시집『송산하』가 출간
된 후에 자신의 시를 다시 읽으며 이 시에서 '떠가는' 세
글자를 빼라고 했단다.

꿩 소리
귀에
담는
황소 눈에
흰 구름

고쳐 쓰고 보니 '떠가는' 세 글자가 그렇게 거추장스
러운 군더더기가 아닐 수 없다. 그것을 빼라고 한 김일로
시인, 신들린 경지다.

좋은 것은 누구의 눈에나 좋게 보이는 모양이다.
2015년 세계서예전북비엔날레의 '생활 서예전' 부문에
나는 이 시를 쓴 서예 작품을 인쇄해 넣은 롤커튼을 출품
했다. 전시장을 찾아온 관람객들이 이 롤커튼 앞에 모여

서서는 이구동성으로 말했다.

"와, 정말 좋다. 글씨도 좋지만 시가 진짜 좋네."

"어떻게 단 열네 글자로 이렇게 평화롭고 정겨운 풍경을 그려냈을까?"

뒤에서 혼잣말로 '그래, 맞아! 옛날엔 정말 이런 풍경이 있었지'라고 말하는 사람도 있었다.

꿩을 알고, 황소를 알고, 구름을 아는 세대라면 당연히 그런 추억을 떠올릴 것이다. 체험학습이라는 이름 아래 동물원에서 꿩을 관찰하고, 잘 가꿔진 황소 농장을 견학하며 자란 세대는 이 시를 이해하기가 쉽지 않을 것이다. 꿩 소리를 귀에 담은 황소의 눈에 구름이 떠가는 모습이 비치는 풍경은 그런 인위적인 공간에서는 만나볼 수 없기 때문이다. 자연에서 꿩, 황소, 구름과 더불어 살며 그 모든 것을 내 몸처럼, 내 집처럼 여길 수 있는 사람만이 이 시에 담긴 평화로움과 정겨움을 느낄 수 있다.

요즘 어린 친구들에게도 이런 아름다운 풍경을 보여주고 들려주고 싶은데, 가르치겠다 나서기도 쉽지 않고 알고 싶다며 다가오는 이도 없으니 안타까울 뿐이다.

평 소 리

귀 에 담 는

힝 소 ㅗ 에

흰 구 름

32

떡이

좋다는 소리가

진동하는 자리에서

꽃도 좋다는

이내 말은

실낱같은 모기 소리

<ruby>餠<rt>병</rt></ruby> <ruby>花<rt>화</rt></ruby> <ruby>一<rt>일</rt></ruby> <ruby>致<rt>치</rt></ruby> <ruby>何<rt>하</rt></ruby> <ruby>歲<rt>세</rt></ruby> <ruby>月<rt>월</rt></ruby>
餠花一致何歲月

떡과 꽃의 가치가
일치하는 때는
과연 언제쯤일까?

경제의 중요성과 문화예술의 중요성을 같은 차원으로 인식하는 시대는 언제쯤 올까? 기다리면 언젠가 오기는 오는 걸까?

병화일치餠花一致
떡과 꽃의 가치가 일치하다

돈만 아는 졸부를 나무라는 말로 이보다 절실한 게 또 있을까? 꽃을 보는 아름다운 눈에는 눈물만 남겨주고 오로지 경제발전이라니! 돈만 모으는 졸부를 오히려 비호하는 일부 잘못된 세력을 훈계하는 말로도 이만한 말이 또 있을까?

이 조용한 일침一鍼의 일갈一喝을 알아들을 수 있어야 할 텐데.

33

두메

한밤

지새는데

저 혼자

호젓해

몸이 여윈 달

야 적 월 적 산 수 적
夜寂月寂山水寂

밤도 적적
날도 적적
산과 물마저도 적적

달아!
많이 외로웠나 보구나.
몸이 다 수척해졌네.

어머니가 자식에게 이르는 말이다.
가슴을 아리게 하는
사랑의 말이다.

시인은 수척한 달을
아들로 삼았다.
아니,
두메도
밤도
산도
물도
다 어머니가 사랑하는 아들로 삼았다.

아들 앞의 어머니만큼 행복한 사람은 없다.
시인은 행복하다.
우리도 시를 쓸 일이다!

달 아래

꽃그늘

휘감긴

몸에

아스라한

이 외로움

満身花影帶香歸
<small>만 신 화 영 대 향 귀</small>

온몸에
꽃 그림자를 두르고
향기를 휘감고
돌아가는 길

꽃은 함성이다.
달빛이 만들어낸 꽃 그림자는 갈채이다.

함성 속의 고독
갈채 뒤의 허무

온몸에 두른 꽃그림자로 인해
아스라이
멀리 있던 외로움이
문득
가슴을 파고든다.

온몸에
꽃 그림자를 두르고
향기를 데불고
돌아가야지!

일초 이초 삼초

쌓이는 시간

발소리는 안 들리고

창밖엔 벚꽃이

웃는 하늘인데

숨죽여 귀만 세우는 초조한 하루

대 춘 부
待春賦

봄을
기다리는 노래

이 시에 대해서는 도저히 역보를 할 수도 없고, 해서도 안 될 것 같다. 일초, 이초, 삼초 숨죽여 귀를 세우고 읽어보시라는 말밖에 할 말이 없다. 최남선의 시조 「혼자 앉아서」를 옮겨 적어본다.

가만히 오는 비가 낙수 져서 소리하니
오마지 않은 이가 일도 없이 기다려져
열릴 듯 닫힌 문으로 눈이 자주 가더라.

36

반만 드리운 커튼과

단 한 곡뿐이라는

소녀의 기도와

다향茶香과

자연紫煙과

허공에 사라지는 대화와 그리고 또 무엇이 있

더라?

다 실 소 견
茶室所見

찻집에서
본 것들

* 담배 연기

이제는 어쩔 수 없다.
그 시절 그 풍경을 아는 사람만
눈 감아
벅차게 다가오는 향수를
참아내자고 말할 밖에.

단지
茶室所見
이 네 한자가 있음에
한없이 감사한다.

夏

여름

갈매기

흰 나래

타는 저녁놀

기다림에

지쳐서

조는 나룻배

강 촌 낙 조 도 선 한
江村落照渡船閑

강 마을에
지는 노을
나룻배는
찾는 이 없어
한산하고

예전엔 강에 노을이 질 때면 으레 어디론가 돌아가는 사람들로 나루는 북적이고 나룻배에는 사람이 가득했다.

새로운 길이 나고 자동차가 많아지면서 더 이상 나룻배를 찾는 사람이 없다. 태울 사람이 없는 나룻배는 제 구실을 못하니 처량하다. 온종일 목이 빠져라 사람을 기다리다 지쳐서 졸고 있다.

당나라 시인 위응물韋應物이 지은「저주서간滁州西澗(저주의 서쪽 골짜기)」이라는 시의 3, 4구는 다음과 같다.

해 질 녘 봄 강물에 후드득후드득 비가 내리는데
나루엔 사람은 없고 배만 홀로 흔들거리네.

春潮帶雨晚來急
야 도 무 인 주 자 횡
野渡無人舟自橫

중국문학사에서 풍경 묘사를 핍진하게 한 시로 이름이 난 구절이다. 김일로 시인의 나룻배도 이에 못지않다. 기다림에 / 지쳐서 / 조는 나룻배. 달려가 나라도 배에 타 주고 싶다. 배와 친구가 되어주고 싶다.

38

지팡이 잡고 서면

산하 삼천리 山河三千里

찾아든 고장마다

정이 꽂혀

발길이 가벼운

산하 삼천리

향 정 왕 래 려 인 환
鄕情往來旅人歡

고을마다
오가는 인정
나그네
기쁨

나그네는 언젠가는 떠나야 할 사람이다. 떠나지 말라고, 더 머물다 가라고 붙잡는 사람들을 뒤로한 채 떠나는 나그네의 발길이 더 가벼울까? 아니면 아무도 붙잡지도 전송하지도 않는데 나 혼자 떠나는 발걸음이 더 가벼울까?

산수算數로 계산한다면 아무도 붙잡지 않아야 홀가분하게 떠날 수 있다고 할 것이다. 그런데 사람은 산수로 사는 게 아니다. 정으로 산다. 정든 사람을 뒤로한 채 떠나기도 쉽지는 않겠지만, 붙잡는 사람도 전송하는 사람도 없이 떠나는 사람보다는 훨씬 가벼운 발길로 떠날 수 있다. 찾아든 고장마다 정이 꽂히면 꽂힐수록 발걸음이 가볍다.

39

심산深山이

하도 외로워

하늘을

휘어잡는

파리한

손

고 고 난 향 파 천 시

孤高蘭香把天時

외롭고 고고한

난초 향기가

하늘을 붙잡을 때

한글로는 "하늘을 / 휘어잡는 / 파리한 / 손"이라고 해놓고선 한문으로는 "외롭고 고고한 / 난초 향기가 / 하늘을 붙잡을 때"라고 표현한 시인의 마음이 외로운 난초보다 더 고고하고 외롭게 느껴진다. 한글시에서는 하늘을 향해 뻗는 난초 잎을 하늘이라도 붙잡으려는 듯이 허우적대는 파리한 손으로 묘사하고, 한문시에서는 외로운 나머지 하늘을 유혹해보겠다는 듯이 향기를 뿜어대는 난초로 묘사했다. 한글시와 한문시의 절묘한 계합이다.

아무리 찾아보아도 깊은 산골에 홀로 핀 난초의 외로움을 덜어줄 방법이 없자, 그저 안타까워하는 시인의 따듯한 마음이 눈에 보이는 것 같아 외려 슬프다. 가슴이 뭉클하다. 그 고결한 난초도 외로움 때문에 자꾸만 향기를 뿜으며 하늘을 향해 내 친구가 되어달라 붙잡는다고 묘사한 시인의 마음이 어린아이 같다. 참 아름답다.

40

저 하늘

이 강산은

어머니 가슴

안겨 사는

즐거움

이리 깊으리

<ruby>山<rt>산</rt></ruby> <ruby>河<rt>하</rt></ruby> <ruby>如<rt>여</rt></ruby> <ruby>母<rt>모</rt></ruby> <ruby>人<rt>인</rt></ruby> <ruby>長<rt>장</rt></ruby> <ruby>樂<rt>락</rt></ruby>

산 하 여 모 인 장 락
山河如母人長樂

산하는 어머니 같으니
그 품에 안겨 사는
영원한 이 즐거움

산하는 어머니 가슴,
그 안에 안겨 사는
그 깊은 즐거움을 노래하신 시인이시여!

아아!

포클레인을 들이대어
마구잡이로
산을 깎아대고
강을 메우는 모습을

차마
어찌
보시렵니까?

소쩍새

우는

소리

홀로

듣는

초승달

전 고 청 고 고 금 동
傳苦聽苦古今同

괴로움을 전해주는 일

들어주는 일

오늘도 어제처럼

달은

그렇게

듣기도 하고

전하기도 한다

달은 통신위성이다.
내가 달을 향해 "내 님이 보고 싶다"고 말하면
달은 그 말을 멀리 있는 내 님에게 그대로 전한다.
산 너머 물 건너 먼 곳에 있는 내 님이
달을 쳐다보고 있으면
달은 내 말은 물론 영상까지 받아 실시간으로
내 님에게 전해준다.

달은 카운슬러counselor 이기도 하다.
내 이야기를 다 들어준다.

달을 향해 울며 하소연하는 게 어디 소쩍새뿐이랴?
내 님에게 소식을 전해달라는 사람,
내 설움을 들어달라는 사람,
달은 밤새 홀로 은하수 건너 먼 길을 가며
그 많은 이야기를 다 듣기도 하고 전하기도 한다.

42

청산青山

백운동白雲洞

친구

청산 백운이

그리워

잡는 지팡이

집 장 석 별 청 산 리
執杖惜別靑山裏

청산 속에서
지팡이 잡아야 하는
아쉬운 이별

청산리 백운동에 사는 친구 청산 백운이여!
미안하네.
언제까지나 여기에 있는 자네와
이 청산과 이 백운만 보고 있을 수 없어서
이제 떠나려네.
저기에 있는 저 청산과 저 백운이
나를 기다리고 있으니.

어머니가 오시기를 기다리고 있는 작은아들 집에 가
기 위해 큰아들 집을 떠나는 어머니 마음이 이럴까? 무심
한 청산과 백운에게도 떠난다는 인사하기가 미안하고 아
쉬워 망설이는 시인의 마음 때문에 눈물이 난다. 내 마음
대로 보고 내 마음대로 떠나면 그만일 수 있는 게 산이고
구름이련만 시인은 결코 그렇게 할 수가 없단다. 이 정도
는 돼야 청산과 백운이 '내 친구'라고 말할 수 있지 않겠
는가!

43

그리움은 출렁이는

바다인데

작은 가슴으로

감싸는 아픔을 안고

꽃처럼 피어나는 저녁노을 속으로

호젓이 날아가는 물새 한 마리

해 조 고 행 낙 조 중
海鳥孤行落照中

노을 속을
홀로
나는
바다새

가슴은 결코 작지 않다. 출렁이는 바다도 다 안을 수 있으니. 그러나 출렁이는 바다를 안고 가자니 아픈 건 어쩔 수 없다. 그래도 꽃처럼 피어나는 게 있어서 외롭지도 힘들지도 않다. 그래서 여전히 아름다운 모습으로 호젓이 난다. 추억은 창고 속에 갇힌 유물이 아니라, 펄펄 살아서 미래를 이끄는 힘이다.

그날에 타던 불은 잊어버려요
한 조각 구름 같은 당신의 추억을
그 누가 묻거들랑
세월이 가다 보면
눈 속에 묻혀버린 발자국처럼
그렇게 잊었다고 말해주세요
— 전우 작사, 나규호 작곡, 조영남 노래, 〈마지막 편지〉

1970년대 유행가 가사다. 감싸는 아픔을 안은 시인에게 내가 할 수 있는 일은 이 유행가라도 불러드리는 일이라는 생각에 옮겨 적어보았다.

44

은행나무

짝 있거니

열매가 스스로워

발돋움에

고인 울음

강동 팔십리 江東八十里

인 수 일 여 원 금 슬
人樹一如願琴瑟

사람이나 나무나
금슬 좋기를 원하기는
매한가지

⁂ 서로 사귀는 정분이 두텁지 않아 조심스러워

은행나무도 일정 거리 안에 짝이 있어야 열매를 맺는다. 그런데 안타깝게도 수컷 은행나무는 강동 팔십리 멀리에 있다. 열매를 맺지 못할까 염려되어 더 가까이 바라보려고 발돋움하다 그 발자국에 눈물이 고였다. 사람이나 나무나 금슬 좋은 부부로 살며 자식 낳아 기르는 게 그리 소원인 것을.

45

모란은

유월의

얼굴

설흔은 넘어야

번지는

웃음

목 단 농 자 육 월 향
牧丹濃姿六月香

모란의
농염한 자태
6월이라야
향을 내뿜네

봄이 오면 초봄부터 온갖 꽃이 다투어 피는데 모란은 느지막이 6월에 핀다. 사람으로 치자면, 20대를 지나 30대쯤에야 피는 것이다. 불타는 젊음으로 피는 게 아니라, 철이 들어서야 핀다. 사람도 서른 살은 넘어야 철든 향기가 나는 게 아닐까? 너무 일찍 피려고 하지 말자. 풋향기는 풋향기의 매력이 있고, 철든 향기는 철든 향기의 매력이 있다.

46

아무도

따라오지

않았다

저 홀로

따라나서는

이내 그림자

행 로 고 영 수 반 려
行路孤影隨伴侶

가는 길
외로운 그림자가
어느새
반려가 되었다

당나라 때의 시인 이백李白은 다음과 같이 읊었다.

꽃 사이에 술동이 놓고
홀로 마시자니 친한 이 없네.
잔 들어 달을 맞고 보니
그림자도 짝하게 되어 셋이 되었네.

화 간 일 호 주
花間一壺酒
독 작 무 상 친
獨酌無相親
거 배 요 명 월
擧杯邀明月
대 영 성 삼 인
對影成三人

달을 맞이하니 그림자가 따라와서 나와 달 그리고 그
림자, 이렇게 셋이서 술을 마시게 되었다. 시의 제목은
「월하독작月下獨酌(달빛 아래서 홀로 마시다)」인데 이미 독
작이 아니다. 달과 그림자를 벗 삼아 술을 마셨던 이백이
나 그림자를 반려 삼아 길을 가는 김일로 시인이나 다 고
독 앞에 득도한 사람이다. 주변을 둘러보면 다 나의 친구
인 것을……

47

매미 소리

바위를 녹이는

한여름

정자나무 그늘은

노상

초가을

^{수 하 촌 로 금 석 담}
樹下村老今昔談

나무 아래
시골 노인들 사이에 오가는
오늘 얘기
옛날 얘기

매미 소리가 바위를 녹인다고 한 표현이 참 재미있다. 세상에 바위를 녹이는 더위는 없다. 그러나 간드러지는 매미의 울음소리에는 바위도 녹을 수 있다. 슬픈 노래 한 구절에 간장이 녹듯이. 일본의 하이쿠 작가 마쓰오 바쇼의 작품 중에 다음과 같은 것이 있다.

> 고요함이여, 바위에 스며드는 매미의 소리
> 閑かさや岩にしみ入る蟬の聲

시인의 감수성은 비슷한가 보다. 한 사람은 매미 소리에 바위가 녹는다고 했고, 또 한 사람은 매미 소리가 바위 속으로 스며든다고 했다. 바위도 녹이는 매미 소리이니 사람인들 녹아들지 않으랴. 매미 소리로 인해 바위는 녹고 그늘은 오히려 더 시원하다. 그 시원한 그늘 아래서 촌로들의 이야기가 오간다.

48

이끼 푸른

샘가에

앉은 복사꽃

담뿍 뜬

맑은 물

누구 줄거나

산 촌 정 변 소 녀 몽
山村井邊少女夢

산마을 우물가
소녀의 꿈

고려 태조 왕건과 첫째 부인 신혜왕후 사이의 이야기로
전하기도 하고, 왕건이 둘째 부인 장화왕후를 처음 만났
을 때의 이야기라는 이도 있고, 또 태조 이성계와 관련된
일화라고도 전하는 설화가 하나 있다.

어느 날, 말을 타고 이동하던 중에 갈증이 난 왕건(혹
은 이성계)은 어느 버드나무 아래 우물에 이르러 물을 긷
던 소녀에게 물을 좀 달랬다고 한다. 그러자 소녀는 정한
바가지에 물을 뜬 다음 버드나무 잎을 한 줌 띄워서 왕건
에게 권했단다. 물을 받아든 왕건이 왜 버들잎을 띄웠느
냐고 묻자 그 소녀가 답했단다.

"갈증이 난다기에 물을 빨리 드시다간 체할까 염려되
어 버들잎을 불어가며 천천히 드시라고요."

그 지혜로움에 반한 왕건은 소녀를 아내로 맞이하였
으니 그 소녀가 바로 훗날 태조 왕건의 첫째 왕비 신혜왕
후 유씨라고 한다. 이 이야기는 구전될 뿐 기록은 없다.
산골 마을의 꿈 많은 소녀도 이 이야기를 어디선가 들었
는지, 우물가에 앉아 물을 달라는 왕건과 같은 청년을 기
다리고 있다. 바가지엔 복사꽃 띄운 맑은 물을 담뿍 담아
들고서.

49

무쇠 범종梵鐘은

이제 늙어

유물遺物인데

솟는 정수淨水는

차가운

시공時空의 체온體溫

강 화 도 전 등 사 소 견
江華島傳燈寺所見

강화도
전등사에서
본 것

아무리 무쇠라도 인간이 만든 것은 언젠가는 유물이 되었다가 결국엔 소멸한다. 그러나 자연 속 맑은 샘물은 시간과 공간을 초월하여 그 체온 그대로 영원히 솟는다. 무쇠도 늙어서 유물이 되는데 하물며 사람이랴! 무쇠보다는 솟는 정수로 사는 게 낫지 않을까? 내게서 솟은 정신의 맑은 물이 수백 년 후에도 맑은 물로 남을 수 있도록.

해와 달을 보리라

푸른 산 맑은 물을

보리라

이름을

모른들 어뗘리

노래하는

산새를 보리라

원 간 가 조 산 수 중
願 看 歌 鳥 山 水 中

원하기로는
산과 물에서
노래하는
새를 보는 것

시가 온통 친한 친구를 부르는 소리로 들린다.

산아!
물아!
새야!
꽃아!

어디 사람의 친구가 사람만이겠는가?

51

치솟은

이 산은

무슨 나무

떠가는

저 구름은

무슨 꽃

관 산 관 운 일 간 화
觀山觀雲一看花

산을 보다가
구름을 보다가
또 한 번은
꽃을 보다가

무슨 나무인지 무슨 꽃인지 이름은 알아서 무얼 하랴! 산도 나무도 구름도 다 내가 부르는 이름은 따로 있으니. 내가 부르는 그들의 이름은 바로 '내 친구', 때로는 '나의 스승님'.

속 좁은 인간이 인간만을 친구로 대해서 그렇지 친구가 될 수 있는 건 단지 사람만이 아니다. 송나라 때의 학자인 주희朱熹는 「사시독서락四時讀書樂(사계절 독서의 즐거움)」이라는 시의 '봄' 편에서 다음과 같이 읊었다.

나뭇가지에 앉은 예쁜 새 또한 친구이고
물 위에 떠가는 꽃잎도 다 글이요 책일세.

<small>호 조 지 두 역 붕 우</small>
好鳥枝頭亦朋友
<small>낙 화 수 면 개 문 장</small>
落花水面皆文章

친구가 되기로 한다면 산도 구름도 꽃도 새도 다 친구가 될 수 있고, 배우기로 한다면 흐르는 물도, 꽃잎도, 풀 한 포기도, 돌 한 개도 다 글이요 책이며 스승이다. 스스로 잘났다고 생각하는 까닭에 많은 친구를 잃고 또 스승을 잃고 늘 외롭고 허랑하게 사는 게 사람인 것 같다.

창공을 이고 선

늙은 송림松林

고저계성高低溪聲이

하도 좋아

두고두고 이웃하는

백석청탄白石青灘

52

少金剛溪谷所見

소금강
계곡에서
본 것

해묵은 소나무 숲 사이를 흐르며 바위에 부딪히는 정도에 따라, 혹은 물살이 빠르고 느림에 따라, 때로는 높은 소리로 때로는 낮은 소리로 노래를 부르는 시냇물과 그 옆에 펼쳐진 하얀 백사장과 푸른 물.

글자 몇 자로 소금강의 아름다움을 다 표현해놓았다. '높고 낮은 개울물 소리'라는 뜻의 '고저계성'과 '흰 조약돌이 깔린 맑은 시내'라는 뜻의 '백석청탄'이라는 한자 말의 도움을 받은 덕분에 이처럼 짧으면서도 많은 것을 표현할 수 있었다. 한자는 한글을 더욱 빛낼 수 있는 또 하나의 우리 문자이다. 한자가 있어서 우리의 시는 더욱 아름답고 풍요로워질 수 있다.

진흙물에

몸을 담고

하늘을

받들어

저리

고운 웃음

_{하 화 소 안 만 고 청}
荷花笑顔萬古淸

연꽃의
웃는 얼굴은
만년 세월 속에서
항상 저리 맑으리

넓고 둥그런 연잎, 그 손을 모아 하늘을 받들고 있다. 하늘을 받드는 마음으로 부끄러움 없이 살아야 하늘을 향해 고운 웃음을 웃을 수 있다. 진흙탕에서 피어났지만 오히려 그 진흙탕을 정화하여 저리도 깨끗한 모습이니 하늘을 향해 고운 웃음을 웃는 게 당연하다.

연꽃에 대한 찬사로 송나라 사람 주돈이周敦頤가 쓴 「애련설愛蓮說(내가 연꽃을 사랑하는 이유)」만 한 것이 없다. 그는 연꽃에 대해 다음과 같은 찬사를 보냈다.

진흙탕에서 자라면서도 더러움에 물들지 아니하고
맑은 물결에 씻김에도 요염하지가 않으며
가슴은 시원하게 뚫려 소통하면서도 외모는 꼿꼿하고
자질구레하게 덩굴이나 가지를 갖지 않으며
향은 멀리서 맡을수록 그 맑음이 더하고
곧고 깨끗하게 서 있어서
멀리서 바라볼 수는 있어도 가까이서 함부로 건드릴 수는 없다.

出於淤泥而不染
濯清漣而不妖
中通外直

- 143 -

^{불 만 부 지}
不蔓不枝
^{향 원 익 청}
香遠益淸
^{정 정 정 식}
亭亭淨植
^{가 원 관 이 불 가 설 완 언}
可遠觀而不可褻玩焉

　저만치 물속에서 피어나기 때문에 멀리 두고 바라볼 수는 있어도 다가가 외설스럽게 희롱할 수는 없는 연꽃. 그래서 연꽃은 저리 고우면서도 항상 맑다. 이런 연유로 김일로 시인도 연꽃에 대한 많은 찬사를 '만고청萬古淸' 으로 요약한 게 아닐까?

54

산수병풍山水屏風

저만치

세워두고

춘하추동春夏秋冬

가려 보며

머리에 서리 이는 원앙

偕老百年山水中
해 로 백 년 산 수 중

자연 속에서

함께

늙어가는

부부

원래 사람은 이렇게 살았었는데.
산수병풍 세워두고 춘하추동 가려 보며 살았었는데.
지금도 얼마든지 그렇게 살 수 있는데.

왜 그렇게 살지 못하는 것일까?
문명이란 이름으로
산수병풍을 걷어 치워버리고
이 회색빛 도시에 묻혀 아등바등하는 것일까?

俌老百丰山水

中

丙申大暑後弄墨
寧子散人題
金俊相

55

한 입으로

땀이

싹 가신

옹달샘 물에

술렁 깊은

산 그림자

청 색 간 수 산 영 심
清色澗水山影深

돌 틈에서 솟아
맑은 빛으로 고인 샘물에
산 그림자
깊이 드리워

술렁이는 파문을 일으키며 깊이 비친

옹달샘은 한 입만 마셔도 땀이 싹 가시는 실용적 쓰임새만으로도 무척 귀한 존재이다. 그런데 그 옹달샘이 산 그림자까지 깊숙이 담고 있다. 속 깊은 옹달샘이다. 나 혼자만 깊숙이 감춰두고 그 물을 떠 마시며 속 깊은 대화를 하고 싶은 옹달샘이다.

떡갈나무 숲속에
졸졸졸 흐르는
아무도 모르는 샘물이길래
아무도 모르라고
도로 덮고 내려오지요.
나 혼자 마시곤
아무도 모르라고
도로 덮고 내려오는
이 기쁨이여
— 김동환 작시, 임원식 작곡, 가곡 〈아무도 모르라고〉

사랑도 그런 것이고 우정도 그런 것이고 학문도 그런 것이리라. '술렁 깊은' 깊이를 찾아내어 그 깊이를 나 혼자 마시곤 도로 덮고 내려오는 이 기쁨이여!

56

밝은

하늘

맑은

개울 속에

네 웃음은

흰 구름

水^수仙^선笑^소顔^안溪^계水^수中^중

개울 가운데
수선화의
웃는 얼굴

밝은 하늘이 비친 개울은 맑고, 그 개울가의 수선화는 밝은 하늘에 피어올라 다시 맑은 개울에 비친 흰 구름 같다. 하늘과 물과 구름과 수선화가 한 몸으로 화化하는 순간이다. 굳이 하늘과 물을, 구름과 수선화를 구분해야 할 이유가 없다. 사람도 네 마음 안에 나 그렇게 맑게 비치고, 내 마음 안에 너 그렇게 있어서 마주 보며 웃는 웃음이 솜털처럼 따뜻하면 참 좋으련만.

두견새

눈물은

진분홍

청산에

떨어져

진달래

두 견 설 화 전 상 금
杜鵑說話傳尙今

두견새 전설은

오늘도 여전히

진달래는 한자어로 두견화杜鵑花라 한다. 두견이라는 새도 있는데 우리말로는 접동새라고 한다. 두견화와 두견새에는 전설이 얽혀 있다. 그 내용은 전하는 책마다 조금씩 다르다. 그중 하나를 소개하면 다음과 같다.

먼 옛날 중국 촉蜀나라에 망제望帝라는 왕이 있었다. 늘 백성들을 사랑하며 몸소 황무지를 개간하고 물길을 잘 다스려 촉나라를 잘사는 나라, 아름다운 나라로 만든 훌륭한 왕이었다.

한편, 호북성湖北省 형주荊州 지방의 어느 우물에는 천년 묵은 자라가 살고 있었는데 어느 날 사람으로 환생했다. 그런데 우물을 나오자마자 까닭 없이 죽고 말아 그 시체가 물결에 실려 사천성 민산岷山 근처에 이르게 되었다. 자라 인간은 이곳에서 한 미녀를 만났는데, 그녀가 불어 넣어준 민산의 정기를 받고 다시 살아나 그녀와 결혼했다.

그는 조정으로 나아가 망제를 알현했다. 망제는 하늘이 내려준 현인이라고 생각하여 그를 잘 대해주었다. 자라 인간은 망제에게 소원을 물었다. 망제는 "촉 지방에는 아직도 용과 뱀의 혼인 귀신들이 득실거려서 황무지 개간과 수로 정비 사업이 난항을 겪고 있다"며 "그 일들을 완수하는 게 소원이다"라고 말했다. 이에 자라 인간은 자신이 나서서 이 문제를 해결하겠다고 했다. 그는 매일 들과 산으로 나가 요괴들을 무찌르며 황무지를 개간하고 물길을 바로 잡는 일에 몰두했다. 그의 놀라운 역량과 치적에 촉나라 백성들은 환호하며 그를 따르고 존경하게 되었다.

자라 인간이 밖에서 그처럼 열심히 일하는 동안, 궁에 남은 망제는 자신도 모르는 사이에 자라 인간 부인의 미모에 반해 사랑에 빠지고 말았다. 왕과 부인은 넘지 않아야 할 선을 넘었다. 자라 인간이 일을 마치고 돌아오는 날, 양심상 도저히 그를 마주 대할 수 없었던 망제는 왕위를 그에게 내어주고, 여전히 사랑하는 그의 부인을 뒤로 한 채 산속에 은거하기로 했다. 자신이 그렇게 아끼던 백성들과 뜨겁게 사랑했던 여인을 두고 떠나는 망제는 머리로는 뒤돌아보지 말고 계속 산으로 들어가야 한다고 생각했지만 감정적으로는 자신이 살던 궁궐로, 왕의 자리로, 백성들 곁으로, 무엇보다도 자라 인간의 부인에게로 달려가고 싶은 마음이 간절했다. 그래서 혼잣말로 '앞으로 나아감이 돌아감만 못하다', 즉 돌아가야 한다는 뜻의 '불여귀不如歸'라는 말을 되뇌었다. '불여귀'의 중국어 발음은 "부루구이"다. 망제는 찢어지는 가슴을 안고 입으로 "부루구이"라고 말하면서도 차마 발길을 돌리지 못한 채 산으로 산으로 발걸음을 계속했다. 그러다가 피를 토하며 그 자리에 쓰러지고 말았다.

얼마 후, 그가 피를 토한 자리에서 진분홍의 꽃이 피었다. 그게 바로 진달래다. 그리고 새 한 마리가 "부루구이, 부루구이" 슬프게 울며 날아갔다. 그의 슬픈 혼이 새로 변한 것이다. 그 새가 바로 두견새다. 두견새는 날마다 "부루구이, 부루구이" 하며 임에게로 돌아가자고 간장을 녹이는 울음을 운다. 이때부터 두견새는 그리움을 상징하는 새가 되었고 진달래 역시 그리움을 상징하는 꽃이 되었다.

58

산도 내도

숨 조여

듣는

목 늘여

홰치는

낮닭 소리

주 계 일 성 산 촌 한
晝鷄一聲山村閑

낮닭 우는
한 소리에
산마을은
더욱
한가하네

깊은 산촌 마을은 낮에도 고요하다. 그 고요함을 깨고서 힘차게 홰를 치며 우는 수탉의 소리. 그 소리에 산과 내는 오히려 더 조용해졌다. 마치 수탉의 울음소리를 숨을 조여 듣는 것 같다. 이런 때, 수탉의 울음소리는 천하를 호령하는 소리이다. 이 나라에 수탉 울음만큼이라도 시원하게 들리는 소신에 찬 정치가의 목소리가 백주에 호령으로 들리는 날이 하루라도 있었으면 좋겠다.

돛자락

나비란다

솟는 달

초롱이라

설레는

꽃 한 송이

<ruby>漁<rt>어</rt></ruby><ruby>村<rt>촌</rt></ruby><ruby>落<rt>낙</rt></ruby><ruby>照<rt>조</rt></ruby><ruby>待<rt>대</rt></ruby><ruby>夫<rt>부</rt></ruby><ruby>恨<rt>한</rt></ruby>

漁村落照待夫恨

갯마을에
노을이 질 때
남편을 기다리는
여인의 한恨

여인은 간절하게 빈다. 만선滿船의 남편이 돛자락을 나비 날개처럼 펼치고 가볍게 훨훨 날아왔으면 하고. 혹시 어두울세라, 황혼이 지난 후엔 초롱불처럼 달이 솟아 남편의 뱃길을 훤히 비춰주기를.

범선의 돛자락을 나비에 비유하고 솟는 달은 초롱불에, 남편을 기다리는 여인은 꽃 한 송이에 비유한 그 스케일이 참 크고도 아름답고, 또한 절실하다. 범접할 수 없는 경지이다.

이렇게 빌고 또 비는 꽃 같은 여인의 가슴은 남편을 만날 기쁨에 늘 설렌다. 꽃이 되어 남편을 기다린다. 매일 이렇게 기다림 속에서 사는 여인, 한과 기쁨이 늘 교차한다. 그래서 매일 설레는 꽃으로 산다.

아! 아름다운 기다림, 아름다운 조바심.

60

산이 깊어

그믐달이

빠지는데

호젓이

나뜨는*

귀촉도** 소리

深山落月清鵑聲

깊은 산에

달은 지고

두견새

맑은 소리만

* 나타나거나 나와서 돌아다니는
** 歸蜀道: 두견새의 별명. '촉으로 가는 길로 돌아서자'는 뜻으로 '불여귀不如歸'
와 같은 의미이다.

그믐달마저 산으로 빠져 지고 있는데 두견새는 밤새 울고도 못 다 울어서 또 울려고 홀로 나타나는가?

새벽바람, 이지러지는 달

효 풍 잔 월
曉風殘月

송나라의 대표적인 사詞 작가 유영柳永이 지은 사의 한 구절이다. 처연함을 대변하는 구절로 지금도 많은 사람들이 읊조린다. 사랑의 슬픔을 안고서 피를 토하며 죽은 망제의 혼이 화하여 탄생한 두견새처럼 몸에 슬픔이 감겨 있는 사람은 밤은 밤대로 고독하고 새벽은 새벽대로 처연하다. 그런데 두견새가 또 운다.

61

산

그림자

싸리문에 내리면

초승달 보고

우짖는

삽살이

삼 가 산 촌 폐 성 적
三家山村吠聲寂

서너 집
산골 마을에
개 짖는 소리가
외려 적막해

고요하여 정말 아무런 소리가 없을 때는 오히려 고요함을 실감하지 못한다. 파적성破寂聲, 즉 고요함을 깨는 소리가 있을 때 비로소 그 고요함을 실감하게 된다. 개 짖는 소리로 산골 마을의 정적이 깨질 때 비로소 개가 짖기 전까지 산골 마을을 감싸고 있던 그 깊은 고요를 실감할 수 있다. 그리고 개 짖는 소리가 멈춘 후의 고요도 실감할 수 있다. 아래의 하이쿠 작품을 보자.

> 고요한 연못 개구리 뛰어드는 물소리 '퐁당'
> 古池や蛙(かわず)飛びこむ水の音
> ― 마쓰오 바쇼

하이쿠의 명작으로 손꼽히는 작품이다. 이를 미국의 한 교과서에서는 "해묵은 조용한 못, 개구리가 그 못에 뛰어든다. 첨벙! 다시 고요함"이라고 번역했다. 마쓰오 바쇼의 하이쿠에 등장하는 개구리나 김일로의 시에 등장하는 삽살이나 다 고요를 표현하기 위한 파적의 행위자이다.

이어령, 『하이쿠의 시학』, 서정시학, 2009, 80쪽 참조.

노을빛

아쉬운

눈매인데

낙양落陽 은

불타佛他의

자비로운 얼굴

불 타 연 민 낙 양 중
佛陀憐憫落陽中

지는 해는
부처님 얼굴
연민의 정을
가득 담고 있네

지는 해

중국 당나라 말기의 시인 이상은李商隱은 석양과 황혼을 다음과 같이 읊었다.

> 석양은 한없이 아름답지만
> 다만 아쉬운 것은 황혼이 가깝다는 것
>
> 석 양 무 한 호
> 夕陽無限好
> 지 시 근 황 혼
> 只是近黃昏
>
> — 이상은, 「등낙유원登樂遊原(낙유고원에 오르다)」

석양은 태양이 서편으로 기울어가는 늦은 오후를 이르는 말이다. 황혼은 태양이 이미 지고 하늘에 붉은 노을만 깔린 상태를 말한다. '시계'라는 기계가 시간을 제약하기 전, 태양의 움직임에 따르던 옛 사람들의 '자연스러운' 시간 활용으로 보자면 하루를 마감하는 늦은 오후는 일에 가장 집중할 수 있는 하루의 정점이자 가장 아름다운 시간이었다. 다만 아쉬운 건 이 시간이 지나고 나면 태양은 사라지고 황혼만 남게 된다는 점이다. 인생도 마찬가지다. 80년을 일생으로 본다면 50~60대가 가장 열심히 일하고 사회적으로도 가장 바쁜 시기이자, 어느 때보다 활기차게 사는 아름다운 때이다. 역시 아쉬운 건 이 시기가 지나고 나면 황혼이 물드는 노년으로 접어든다는 점이다.

태양의 뒤편에서 하루를 지나왔다는 흔적으로 자리하기 시작하는 노을은 저물어가는 태양을 향해 한없이 아쉬운 눈길을 보낸다. 그런 노을 앞에 자리한 부처님 얼굴처럼 동그란 해(지는 해落陽)는 노을을 향해 자비로운 모습으로 연민의 정을 가득 담아 말하고 있다.

아쉬워 말라. 오늘은 여기서 끝내자. 내일 다시 만나자.

노을빛과 지는 해와 부처님 얼굴을 잘 대비하여 지는 하루해를 묘사한 시인의 감수성과 천진한 마음이 가슴에 닿는다. 전율이 느껴질 정도로 섬세한 감성, 그리고 그것을 스물두 글자로 압축한 놀라운 솜씨, 감탄스럽다.

夕陽無限好只是近黃昏

李義山句此處黃卓長先生惠存 金鵬基於漢城士禪

63

두둥

법고法鼓 소리로

박모薄暮의 합장이

이루어지는데

수런수런 노래하며

지나가는 시냇물

通度寺法鼓所見

통도사에서
법고 소리를
들으며

산사의 저녁 예불, 법고 소리는 모두를 합장하게 한다. 합장은 모두를 잠시 멈춰 서게 한다. 그러나 흐르는 것은 한시도 쉼 없이 흘러야 하는 것!

  법고 소리에도
  물은 수런수런 흘러만 간다.
  밤이나 낮이나
  어제나 오늘이나
  쉼 없이 흐른다.
  인생도 그렇게 흘러 지나가는 것이려니.

공자는 강가에서 흐르는 강물을 보며 이렇게 말했다.

  흘러가는 것이란 이와 같구나. 밤낮을 가리지 않고 쉼
  이 흐르네.

  子在川上曰 : 逝者如斯夫, 不舍晝夜

  ─ 공자, 『논어論語』

  법고 소리에도 아랑곳하지 않고 흘러가는 물을 스승
삼아 우리도 흘러가야 한다.

64

청개구리

버들 타고

울면

파초 잎에

후드득

소나기

파 초 엽 상 소 우 성
芭蕉葉上疏雨聲

파초 잎 위로

떨어지는

굵고 성근

빗방울 소리

버들가지에 매달린 청개구리는 비가 올 것을 짐작하고서 엄마 무덤이 떠내려갈까 봐 조바심하며 운다. 아닌 게 아니라, 이내 후드득 소나기가 내린다. 커다란 파초 잎에 성글게 내리는 빗방울 소리는 유난히도 크다. 어느새 청개구리는 파초 잎 뒷면으로 몸을 숨긴다.

생물의 생활을 관찰한 환경보호 다큐멘터리를 보는 것 같다. 시인의 관찰력이 놀랍다. 그 섬세한 관찰을 담은 스무 글자의 함축미는 더욱 놀랍다.

65

하루해를

땀으로 삭히면

내

아이

노래는

우리 아버지

<ruby>家<rt>가</rt></ruby> <ruby>兒<rt>아</rt></ruby> <ruby>稱<rt>칭</rt></ruby> <ruby>父<rt>부</rt></ruby> <ruby>是<rt>시</rt></ruby> <ruby>我<rt>아</rt></ruby> <ruby>歌<rt>가</rt></ruby>

家兒稱父是我歌

아들 녀석

'아버지'

부르는 소리

내가

가장

좋아하는

노래

"아버지!"라고 부르는 아들 앞에 한 점 부끄럼이 없도록
열심히 땀 흘려 일하자.

66

장송丈松은

청청靑靑

육현탄금六絃彈琴인데

학鶴은

호의현상皓衣玄裳으로

흥겨운 천년무千年舞

　　가　무　송　학　탈　세　속
歌舞松鶴脫世俗

춤추는 학
노래하는 소나무
다
속세를
벗어난 게로구나

푸르고 푸른 아름드리 소나무의 솔바람 소리는 육현금 소리. 하얀 몸통에 검은 다리의 학은 천년무를 추네. 사람도 그리할 수 있으리라. 속세에 매인 마음만 벗어놓으면 솔바람 소리를 육현금 소리로 듣고 학처럼 훨훨 춤을 출 수 있으리라. 중국 송나라 때의 시인 육유陸游는 다음과 같은 구절을 남겼다.

그대가 만약 속세의 잡된 생각들만 깨끗이 씻어낸다면
어느 곳 어느 누대인들 달 밝지 않은 곳이 있겠소?
君能洗盡世間念
何處樓臺無月明

— 육유, 「배민排悶(번민을 떨치려)」

속세의 먼지가 꽉 낀 사람은 밝은 달을 보아도 밝은 줄을 모른다. 아니, 아예 밝은 달을 바라볼 틈이 없다. 그런 사람이 어찌 솔바람 소리를 육현금 소리로 들을 수 있겠는가? 학의 날갯짓을 춤으로 볼 수 있겠는가? 몸과 마음에 낀 먼지를 털어내는 날, 세상은 온통 춤이요, 노래일 것이다.

67

하늘이 내리신

우리 조국

이어받고 이어줄

금수강산

모두 받들어 한 몸이거니

살다가 눈 감아도 한 몸이거니

仰頌祖國山河

우러러

조국 산하를

노래하노라

노산鷺山 이은상李殷相은 시조 시인으로 유명하다. 그가 남긴 시집 『조국강산』은 새로운 시조 형식인 4장 시조로 쓴 조국 산하에 대한 예찬이다. 맨 앞에 서장序章인 첫 노래가 있다. 뒤를 이어 우리나라의 유명한 산들을 읊은 시조가 나오고, 다시 강을 찬미한 시조가 이어진다. 맨 뒤에는 끝 노래가 있다. 첫 노래와 끝 노래를 옮겨 적어본다.

대대로 물려받은 조국강산을
언제나 잊지 말고 노래 부르자.
높은 산 맑은 물이 우리 복지다.
어느 곳 가서든지 노래 부르자.

겨레여 우리에게 조국이 있다.
내 사랑 바칠 곳은 오직 여기뿐.
심장에 더운 피가 식을 때까지
즐거이 이 강산을 노래 부르자.

살았을 때도 한 몸이고 죽어서도 한 몸인 조국강산을 우러러 노래해야 하리라. 신토불이身土不二! 내 몸이 조국강산과 한 몸일 때가 진정한 '신토불이'이다. 조국강산에서 나는 맛있는 먹거리만 탐하지 말고 조국강산을 내 몸으로 여겨야 하리라.

68

칠백 년七百年

풍상風霜이 약藥이 되어

몸이 몇 아름

합장한

이 손은

하찮은 풀잎

전 등 사 공 손 수 소 견
傳燈寺公孫樹所見

전등사의
공손수(은행나무)를
보고서

전등사는 강화도에 있는 절이다. 공손수公孫樹는 은행나무의 별칭이다. 할아버지[公公]가 심으면 손자[孫]가 은행을 따먹는다고 해서 붙은 이름이다.

풍상을 외려 약으로 삼아 700년을 살아온 은행나무 앞에 합장하고 선 시인의 손. 시인은 그 손을 일러 "하찮은 풀잎"이라고 했지만 실은 그 손 또한 하찮은 풀잎이 아니다. 거룩한 손이다. 700년 세월의 무게를 그 손안에 담았으니.

밝은 하늘 아래

아무리 보아도

금수강산이로고

나들이 흰 옷자락은

훨훨 나래치는

학鶴이로고

무 학 산 하 세 천 추
舞鶴山河歲千秋

학이
춤추는
이 땅!
천년 만년
영원하소서

아름다운 산하에
아름다운 백성들!

흰 옷을 입은
백성들은
모두 학이다.

학들이 춤추는
이 땅은
영원한
평화의 땅이다.

굽이굽이

산굽이

계수溪水 따라 가는 길

이 산 저 산

경색景色 보며

노래하는 나그네

山河桃源歡歌中
산 하 도 원 환 가 중

이 산하가 바로 무릉도원이다
백성들 모두
기쁨의 노래를 부르는
이 땅이 곧 낙원이다

김일로 시인은 우리 산하를 무척 사랑했다. 그리고 이 아름다운 산하에 사는 착한 백성들을 사랑했다. 착한 백성들이 사는 아름다운 이 산하는 더욱 사랑했다. 그래서 시집의 이름도 '송산하頌山河', 즉 '산하를 송축하다'라고 붙였다.

秋

가을

71

학鶴이 날듯

한사코

가는 그이

내사

달을 이는

호젓한 미륵彌勒

상 빈 영 우 월 하 별
霜鬢迎友月下別

서리 맞아
하얗게 센 머리의
친구를
반겼더니만
그 친구를
다시
달빛 아래서 보내네

한가한 구름과 야생의 학이 어느 하늘인들 날지 않으랴.

<ruby>閑<rt>한</rt></ruby> <ruby>雲<rt>운</rt></ruby> <ruby>野<rt>야</rt></ruby> <ruby>鶴<rt>학</rt></ruby> <ruby>何<rt>하</rt></ruby> <ruby>天<rt>천</rt></ruby> <ruby>不<rt>불</rt></ruby> <ruby>飛<rt>비</rt></ruby>
閑雲野鶴何天不飛

— 우무尤袤, 『전당시화全唐詩話』 권6

절대 자유를 추구하며 한가하면서도 고고하게 사는 사람을 이르는 말이다. 아마 시인의 친구도 그런 사람인가 보다. 젊었을 때 이후 내내 만나지 못하다가 머리가 다 센 나이에 우연히 찾아온 친구. 좀 더 머물라고 붙잡아도 한사코 길을 떠난다. 한운야학閑雲野鶴이다.

그렇게 친구는 가고 혼자 남은 나는 미륵이 된다. 나를 찾아오는 누군가를 위해 이 자리를 떠나지 못하는 나는 달빛 아래 그저 호젓이 서 있는 미륵이 된다. 미래를 약속하는 미륵! 떠나는 사람은 떠나고 남아야 할 사람은 남아야 한다. 그래야 다시 만날 수 있다.

72

그

얼굴

밤하늘에

파아랗게 핀

한 송이

꽃

사 군 여 월 추 야 장
思君如月秋夜長

긴긴
가을 밤
그리운 그대는
저 달과 같네

달이 '그 얼굴'이 되었다.

파아란 하늘에 그 얼굴이 피어났다.

'눈'은 보기만 하는 게 아니다. 그림도 그린다. 눈은 화가다. 생각하는 것은 무엇이든지 어디에다라도 그려낼 수 있다. 시인의 눈은 달 위에다 '그 얼굴'을 꽃으로 그렸다. 그만이 그릴 수 있는 그 얼굴을 그렸다. 세계 유일의 독창적인 예술품이다.

우리 조상

천추한千秋恨이

하늘 끝에 사무쳐

피 맺힌 각도刻刀로

새겨 맺은

팔만대장경八萬大藏經

배 관 팔 만 대 장 경 판   어 해 인 사
拜觀八萬大藏經板 於海印寺

우러러
절하고
팔만대장경판을 보다
해인사에서

칭기즈칸의 몽골군이 휩쓸고 간 동아시아부터 동유럽에 이르는 대륙에는 단 두 개의 나라만 존재하게 되었다. 바로 몽골과 고려였다. 몽골군의 말발굽이 닿은 모든 나라가 다 국호와 왕통을 잃고 몽골에 복속되었는데, 고려만은 1231년부터 1259년까지 30년 가까이 몽골에 맞서 싸웠다. 그리고 마침내 빼어난 외교력을 발휘하여 몽골 황실과의 '결혼 동맹'을 이끌어냈다. 그 결과 고려는 고구려의 기상과 정신을 계승한다는 의미에서 택한 '고려'라는 국호를 지키고 고종으로부터 충렬왕, 충선왕으로 이어지는 왕통을 이어갈 수 있었다.

부처님의 크신 법력 때문이었을까? 팔만대장경을 일일이 새긴 우리 백성의 불심에 부처님이 자비로운 은총을 베푸셨기 때문이었을까? 물론 부처님의 법력과 은총도 있었으리라. 그러나 무엇보다 큰 힘은 팔만대장경을 새기면서 한마음 한뜻으로 간절하게 발원한 우리 백성들의 '호국불심護國佛心'에서 나왔다. 그 호국불심으로 단결한 우리 조상들이 몽골의 침입을 막아내기 위해 흘린 땀이 얼마이며 흘린 피는 또 얼마이겠는가? 부처님의 도움을 빌며 팔만대장경을 새긴 그 손끝에는 피가 맺히고 가슴에는 한이 서렸을 것이다.

아아! 팔만대장경!

74

돌아보면

아스라한 길

이어 새긴

발자국에

소롯이* 고인

달빛

回顧路上刻千月

되돌아보니
지나온 그 길에는
천 개의 달이
새겨져 있구나

❋

──────────

❋ '오롯이'의 사투리로 보인다.

산다는 것은
발자국을 남기는 일이다.
어느 하루 발자국을 새기지 않은 날이 없다.
그 발자국에
오롯이 달빛이 담겼다.

달을 보며
웃고 울고 하소연하며 살아온 삶이다.

삼사십 년 전만 해도
달은 누구에게나 가장 친한 친구였다.
그래서
노래 가사에도
달이 참 많이 들어 있었다.

풍요일까? 빈곤일까?
지금은 발자국에 달을 새기는 사람이 없다.
달빛이 아까워 달빛을 받으며
길을 가는 사람이 없다.

아무래도 빈곤인 것 같다.

해와 달을

담아도

꽃을

담아도

마음은

노상 비인 항아리

天恩萬象都是不感心身虛

하늘이 주신 은혜인
해와 달도
그 밖의 만물도
내 몸과 마음의 허기(虛氣)를
알아채지 못하시는 듯

욕심이 많은 사람은 쌓아두기 때문에 금세 항아리가 가득 찬다. 한 항아리밖에 갖지 못하는 사람이다. 노상 빈 항아리인 사람은 비우기 때문에 무한無限을 갖는 사람이다.

　　해와 달을 담아도 꽃을 담아도
　　또 담을 수 있는 사람,
　　온 우주가 다 자기 것인 사람이다.

　　학생들에게 물어본다.

　　금강산이 뉘 거냐고?
　　지구가 뉘 거냐고?
　　우주가 뉘 거냐고?

　　얘들아!
　　그게 다 네 거란다.

　　투기 목적으로 부동산 몇 평 사두고서 뿌듯해하는 사람은 항아리가 이미 다 차버린 사람이다. 지구 전체가 제 것인 줄을 모르는 사람이다.

76

망망

하늘

흰 구름

잡아타고

소슬簫瑟 가버린

그리운 얼굴

乘雲憶君忽然寂
승 운 억 군 홀 연 적

구름을 타고서
그대 생각하다가
홀연히
느끼는 이 적막감

구름 따라 그리움이 나래를 펼 때면 외로운 줄도 모른다. 오히려 행복하다.

> 내 마음 따라 피어나던
> 하아얀 그때 꿈을
> 풀잎에 연 이슬처럼 빛나던 눈동자
> 동그랗게
> 동그랗게
> 맴돌다 가는 얼굴
>
> ― 심봉석, 「얼굴」

문득 내 눈길과 마음이 구름을 벗어나면 주위는 온통 적막과 고독으로 둘러싸여 있다. 시인은 그 적막과 고독을 한문으로 이렇게 읊었다.

乘雲憶君忽然寂
(구름을 타고서 / 그대 생각하다가 / 홀연히 / 느끼는 이 적막감)

그리움 때문이 아니라, 그리움 뒤에 밀려오는 적막감 때문에 마음이 그리도 아픈 것이다. 흰 구름 잡아타고 가버린 사람이 망자가 아니기를.

77

마음은 어린이

놀던 동산이

눈앞인데

흰머리 서로 보며

감긴 세월

풀어보거니

<ruby>白<rt>백</rt></ruby><ruby>頭<rt>두</rt></ruby><ruby>相<rt>상</rt></ruby><ruby>見<rt>견</rt></ruby><ruby>相<rt>상</rt></ruby><ruby>看<rt>간</rt></ruby><ruby>夢<rt>몽</rt></ruby>

白頭相見相看夢

흰머리 되어
서로 만나
그 옛날 꿈을
서로 헤거니

그저 그만한 추어탕 집에 깍두기 반찬을 가운데에 두고 각기 추어탕 한 그릇을 앞에 놓고서 머리가 하얗게 센 노인 둘이 마주 보고 앉아 있다.

    A : 너 나 안 보고 싶던?

    B : 왜 안 보고 싶었겠나?

    A : 어디 아픈 덴 없지?

    B : 응, 너는? 너도 아픈 데 없지?

     ⋮

아름다운 풍경이다.

78

아는

얼굴이 없는

하루

은행잎이 밟히는데

남녘 하늘엔

붉은 노을

인 고 추 장 향 산 모

人孤秋長鄕山暮

외로운 건 사람

길고 긴 건 가을날

멀리 남쪽으로 보이는 산이 고향 산인가?

그 산에 붉은 노을이 물든다

아는 얼굴 없이 보낸 어느 하루. 산 너머 고향이 그리웠던 그 시절을 그리워한다면 나이가 든 탓일까? 스마트폰 영상통화가 있어서 그리울 고향이 없어져버린 이 시대, 아니 고향이 존재할 필요가 아예 없어져버린 시대에는 고향 대신 무엇을 그리워해야 할까?

눈을 감으면 보이던 머나먼 고향과 그리운 얼굴들. 그러나 이제는 눈을 감아도 보이는 게 없다. 스마트폰이 너무나 많은 것을 보여주고 또 들려주어서 눈을 감으면 그냥 시커먼 어둠뿐이다. 애태우며 그려보았던 그 많은 것들이 아예 다 없어져버렸다.

79

지는 달

지켜보던

그 밤

홀로

따라 울던

귀뚜리

정 한 적 야 불 면 충
情恨積夜不眠蟲

정과 한으로

여러 날 밤

잠 못 이루는

나를 따라

불면증 걸린

저 벌레

귀뚜라미

잠 못 이룰 때
함께
밤을 새워주는 귀뚜라미가 고맙다.

밤새우는 귀뚜라미 너도
달을 지켜보는 나도
모두 불면증.

그 밤,
그 무렵 며칠 밤.

늘 그런 건 아니었고
그 무렵 며칠 밤 동안
지는 달을 지켜보며 잠을 이루지 못했단다.
그 곁에는
귀뚜라미만 있었단다.

'그 밤'
이라는 말로 인해 다시 슬프다.

슬픈

노래를

부르게 하는

저녁노을은

보지 않으리

<ruby>落<rt>낙</rt></ruby> <ruby>照<rt>조</rt></ruby> <ruby>送<rt>송</rt></ruby> <ruby>君<rt>군</rt></ruby> <ruby>斷<rt>단</rt></ruby> <ruby>腸<rt>장</rt></ruby> <ruby>心<rt>심</rt></ruby>

落照送君斷腸心

지는 해
저녁노을 속에서 보낸 임
올올이 끊기는 마음

한밤중 방울 소리 되어 들리는 빗소리는 창자를 끊어
내는 소리

_{야 우 문 령 단 장 성}
夜雨聞鈴斷腸聲

당나라 시인 백거이白居易가 지은 「장한가長恨歌」의 한
구절이다. 백거이는 낙숫물 소리를 단장성斷腸聲으로 표
현했고, 김일로 시인은 지는 노을을 단장심斷腸心이라 표
현했다. 조선시대 평양 기생 계월桂月은 이렇게 읊었다.

눈물 머금은 눈으로 눈물 머금은 눈을 바라보다가
애끊기는 이가 애끊기는 이를 보냈다네.

_{함 루 안 간 함 루 안}
舍淚眼看舍淚眼
_{단 장 인 송 단 장 인}
斷腸人送斷腸人

— 계월, 「송인送人(임을 보내며)」

빗소리도 노을도 아무런 죄가 없다. 다만, 사람의 핑
계를 모른 척하고 있을 뿐. 슬프면 슬프다 하고 아프면
아프다고 하지, 빗방울 소리 때문에 지는 노을 때문에 슬
프다는 핑계는 왜 대는 것일까? 저리도 모른 척하고 있
는데.

81

비 맞아

나는 빛깔

눈이 오면

시서리 감아도

바람 타면 소리 내는

대야!

대야!

노상

푸른

대야!

청 죽 의 연 풍 우 중
靑竹毅然風雨中

비바람
서리 눈 속에서도
의연히 푸른 대나무야

＊ 내려야 할 때 내리는 서리

산들바람 불어오면 빙그레 웃다가

바람이 거세면 불평으로 우네.

아직 진정으로 악기를 다룰 줄 아는 광대를 못 만나

헛되이 큰 음악만 가슴에 품고 사네.

微_미風_풍成_성莞_완哂_신

風_풍緊_긴不_불平_평鳴_명

未_미遇_우伶_영倫_윤采_채

空_공含_함大_대樂_악聲_성

퇴계退溪 이황李滉 선생이 쓴「풍죽風竹(바람을 맞고 있
는 대나무)」이라는 제화시이다.

　대나무는 관악기를 만드는 재료이다. 그런데 이 대나
무는 아직 자신의 재질을 알아줄 악공을 못 만나 악기가
되지 못한 채 미풍이 불어오면 속절없이 웃다가 거센 바
람이 불어오면 세상에 대한 불평의 소리를 내며 서 있다.
가슴에는 언제나 악기가 되는 날 연주할 큰 음악을 품은
채…… 큰 음악을 품고 있기에 대나무는 서리 눈 속에서
도 그렇게 의연한 것일까?

青竹 毅然
風雨 中

82

깊은

가을 하늘

샘 속에서

떠내는

두레박

소리

<ruby>山<rt>산</rt></ruby><ruby>家<rt>가</rt></ruby><ruby>秋<rt>추</rt></ruby><ruby>深<rt>심</rt></ruby><ruby>泉<rt>천</rt></ruby><ruby>聲<rt>성</rt></ruby><ruby>寒<rt>한</rt></ruby>

산골 마을에
가을은 깊어가고
두레박
물 긷는 소리에는
한기가 서리네

샘솟아 물이 고인 우물 속에서 물을 길어 올리는 게 아니라 하늘을 길어 올리고, 하늘에 서린 가을의 찬기운도 함께 길어 올린다.

물결이 없기로는 오래된 우물과 같고
절개가 있기로는 가을철의 대나무 같구려.

無波古井水
무 파 고 정 수

有節秋竹竿
유 절 추 죽 간

백거이의 「증원진贈元稹(원진에게 주다)」이라는 시의 한 구절이다. 백거이와 원진은 둘도 없이 친한 사이였다. 그렇게 친한 친구를 시로써 칭송하였다.

깊은 우물 안의 물은 바람을 타지 않는다. 물결의 흔들림이 없다. 가을이 깊어가는 산골 마을, 두레박이 내려가야 비로소 물결이 이는 우물물은 깊은 산골이라서 더 그렇게 고요하다. 두레박이 내려오지 않고서는 전혀 흔들릴 일이 없다. 그저 고요할 뿐이다. 그렇게 고요한 가운데 더욱 차가울 뿐이다. 고요한 가운데 차갑고 찬 가운데 고요한 것이 바로 냉정冷靜이다. 우리말 '냉정'은 두 가지 뜻이 있다. 냉정冷情은 '인정이 없어서 얼음처럼 차고 쌀쌀맞다'는 뜻이고, 냉정冷靜은 '마음이 고요하고 차분하게 가라앉아서 생각이나 행동이 감정에 좌우되지 않고 침착하다'는 뜻이다. 두레박은 지금 그 찬 가을 기운 '냉정冷靜'을 길어 올리고 있다. 우리의 머릿속이 그 우물물처럼 그렇게 고요하고 시원했으면 좋겠다. 그 우물물을 길어다가 머릿속을 차갑게 식혔으면 좋겠다.

83

산하는 수묵화水墨畵

영근 달

휘황한데

애끓는

단소短簫는

태고太古의 노래

夜寂月寂一曲清
야 적 월 적 일 곡 청

밤도 적적

달도 적적

그 속에서 들리는

한 곡조의

맑은

단소 소리

1970년대만 해도 달 밝은 밤이면 시골에선 누군가가 부는 통소 소리를 들을 수 있었다. 악기점에서 산 조음調音이 잘된 통소가 아니라, 대나무에 적절히 구멍을 뚫어 만든 사제私製 통소였다. 그러나 그 소리만은 그렇게 곱고 아름다울 수가 없었다. 학원에서 레슨을 받아 단소를 잘 부는 요즈음 학생들보다 레슨이 뭔지도 모르지만 스스로 통소를 만들고 스스로 조음을 해서 불던 그 시절 시골 소년이 더 실력 있는 음악가 아닐까?

휘파람, 버들피리, 갈대피리, 통소……. 이런 게 다 태고의 노래다. 그러나 이제는 그런 노래를 거의 들을 수 없다. 노래방 기계 앞에서 가수 흉내를 내는 것이 일상의 노래가 되었다. 음탕한 가사에 사특한 몸짓이 요란한 노래가 홍수를 이루고 있다. 순후한 음악을 들어야 마음이 순후해질 텐데……. 김일로 선생은 생전에 순후하기로 정평이 난 국악 〈요천순일지곡堯天舜日之曲〉을 즐겨 들었다고 한다.

달밤이면 대지는 천연색은 퇴색하고 온 천지가 다 물과 먹으로만 그린 수묵화가 된다. 물과 먹이 만든 수십, 수백 층의 검은빛 수묵화가 은은한 빛으로 아늑할 때, 어디선가 맑게 들리는 통소 소리. 그런 소리를 이제 어디서 다시 들을 수 있을까? 무망한 일일까? 그래서 김일로 시인도 이처럼 맑은 소리를 그리워했을까?

84

영근

달

눈에

박혀

우는

귀뚜리

^안 ^중 ^월　^월 ^중 ^향　^향 ^중 ^정　^정 ^중 ^한
眼中月　月中鄕　鄕中情　情中恨

눈 속에는 달
달 속에는 고향
고향에는 정
정 안에는 한

영근 달은 보름달만을 말하는 게 아니다. 철든 달이 영근 달이다. 인간 세상의 온갖 그리움과 서러움과 하소연을 다 보고 들은 달은 철이 들었다. 그렇게 영근 달이 눈에 박혀오니 귀뚜라미 또한 달이 보아온 그 많은 그리움, 서러움, 하소연을 안 보고 안 들을 수가 없었다. 그래서 귀뚜라미는 밤새워 운다. 우는 그 귀뚜라미는 바로 나다.

중국 송나라 때의 사詞 작가인 장선張先은 사람들에게 자신을 '장삼중張三中'이라 불러달라고 했다. 세 가지 '중中'으로 사는 사람이라는 뜻이다.

> 마음 안에는 그때 그 일
> 눈 안에는 눈물
> 내 마음 안에는 온통 그 사람
> 心中事
> 眼中淚
> 意中人

고향을 그리워한 김일로 시인은 眼中月, 月中鄕, 鄕中情, 情中恨, '사중四中'으로 살았나 보다.

85

상강霜降

하늘에

내

던지는

국화

향기

상 국 앙 천 투 척 향
霜菊仰天投擲香

서리 맞아 핀 국화
하늘을 우러른 채
향기를
내던지고 있네

세상에는 내던져서는 안 될 것들이 많다. 그릇도 내던져서는 안 되고, 말도 내던져서는 안 되며, 자존심도 내던져서는 안 된다. 그런데 세상에는 꼭 내던져야 할 것도 있다. 욕심을 내던져야 하고, 자만심도 내던져야 하며, 헛된 망상도 내던져야 한다.

국화는 자신이 만들어 간직한 향기가 한없이 소중하고 자랑스럽겠지만 그 향기를 아낌없이 내뿜고 내던진다. 소중하다고 해서 제 품 안에 끌어안고만 있어서는 의미가 없다. 아무 생각 없이 있는 그대로 제 향기를 온 세상을 향해 내던져야 한다. 설령 그 향기를 맡아주는 이가 없어서 허무하게 허공으로 사라져버린다 하더라도 향기는 계속 내던져야 한다. 그래야만 국화다.

86

청담清談이

구름이라

다향茶香도 따라가니

천성泉聲만

귀로 잡는

호젓한 주인

청 유 한 사 귀 후 적
清遊閑士歸後寂

맑게 노시던
한가한 선비 한 분이 계셨는데
그 선비께서 가시고 나니
이렇게 적막할 수가

맑은 얘기는 그냥 맑으면 되는 게지 굳이 붙잡아야 할 일
도 없고, 또 붙잡을 수도 없는 것이라 그냥 놔두었더니만
모두 구름 따라 사라져버리고 차 향기마저 그 청담을 따
라, 또 구름을 따라 사라져버렸다.

  선비의 맑은 이야기도 허공에 흩어지고
  흩어지는 이야기 따라 구름도 흘러가고
  남은 건
  시냇물 소리뿐.

  선비 떠난 그 자리
  적막한 가운데
  주인은
  호젓이 앉아
  시냇물 소리를
  귀에 담고 있다.

  요즘에도 이런 찻집 주인이 있을까? 찻집 주인이 이
미 선비다. 이 시대에 정말 그리운 선비다.

87

울다

지쳐

바닷가에 앉아

갈매기와

벗하는

해으름

一念萬念無念中

한 생각이
일만 생각으로 번지고
일만 생각을
다시 무념으로 거둬들이고
무념에서
다시 한 생각이 일어나고

왜 울었을까? 까닭을 밝히지 않은 울음이라서 더 슬프다. 그 울음 뒤 생각이 꼬리를 물어서 안타깝다. 생각이 꼬리를 물다 보면 또 울 텐데……

산수山水 속에

안긴 초암草庵

끓일 차茶

대신으로

백운白雲을 마시는

한사寒士[*]^{**}

고 적 누 적 탈 고 적
孤寂累積脫孤寂

외로움과 적막함이

쌓이고 또 쌓이니

외려

외로움과 적막함에서

벗어나네

＊ 초가집. 초가로 지은 암자
＊＊ 가난한 선비

차가 따로 있는 게 아니다. 마실 수 있는 것이라면 다 차다. 외로움과 적적함이 꼭 불편한 것만도 아니다. 얼음이 얼었다 풀렸다 하듯이 외로움도 쌓였다 풀렸다 한다. 쌓이면 외려 풀리고, 풀리면 다시 쌓이고……. 그 순환의 고리를 벗어나는 것이 진정한 한가함이다.

침묵이 대개 우울함을 동반하듯이 한가함은 대부분 외로움과 적적함을 동반한다. 그렇지 않은 한가함이 진정한 한가함이다. 고려시대 문인 백운白雲 이규보李奎報 선생의 시 「방외원가상인용벽상고인운訪外院可上人用壁上古人韻(외원에 있는 가상인을 방문하여 벽에 쓰인 고인의 운을 빌려 짓다)」 가운데 이런 구절이 있다.

이 늙은 중에게 어떻게 지내느냐고 물을 게 뭐 있소?
손님이 오면 청담을 나누고 손님이 가면 잠을 자는걸.
老僧日用何須問
客至淸談客去眠

차 대신 흰 구름을 마시는 가난한 선비도 이처럼 한가한 사람일 것이다.

89

두륜산頭輪山

굽이도는 계수溪水

어디로 가는 길인고

유연悠然히 앉은

대흥사大興寺

선가蟬歌만 듣고 있거니

성 하 산 사 소 견
盛夏山寺所見

한여름
산사
풍경

물은 가는 곳도 모르면서 그저 흘러만 간다. 물이야 가든 말든 절은 언제나 그 자리에 서 있다. 매미의 노래를 들으며 그 자리에 서 있다. 매미의 노래는 '선가蟬歌'이다. 스님의 염불, 스님의 노래는 '선가禪歌'이다. 같은 '선가'인데 하나는 '蟬(매미 선)'이고, 다른 하나는 '禪(참선할 선)'이다. 매미가 곧 스님이고 스님이 곧 매미이다. 두륜산을 돌아 흐르는 저 시냇물은 매미 소리도 듣고 스님의 염불 소리도 들으며 마냥 흐르기만 한다. 때로는 매미 소리를 염불 소리로 듣고, 염불 소리를 매미 소리로 들으며 그렇게 마냥 흘러 어디론가 간다.

90

녹음 속에 앉아

목탁 치는 소리

흐르는 개울물

누가 막으며

인고유장人苦流長

누가 끊으리

산 사 목 탁 계 성 중
山寺木鐸溪聲中

산사의
목탁 소리는
시냇물에 실려
떠내려가네
늘
그렇게
떠내려가네

개울물은 막을 수 없다. 막아본들 넘쳐서라도 흐른다. 모든 흐르는 것은 막을 수 없다. 산사의 목탁 소리도 개울물에 실려 떠내려간다.

흐르고 떠내려가는 것은 흐르고 떠내려가게 해야 한다. 삶이 비록 괴로움이라 해도 흐르는 게 삶이라 그 괴로움을 막을 수 없다. 끝내 흐를 수밖에 없다. 괴롭다 해서 끊으려 들지 말자. 그냥 흘러가게 놓아두자. 그러면 외려 편안하리라.

장대 들고

별을 따던 아이

머리에

서리 이고

우러러보는

하늘

仰星白頭少時夢

하얗게 센 머리
고개 들어
별을 보며
어릴 적 꿈을 헤아리네

애들아 나오너라 달 따러가자
장대 들고 망태 메고 뒷동산으로
뒷동산에 올라가 무등을 타고
장대로 달을 따서 망태에 담자

저 건너 순이네는 불을 못 켜서
밤이면은 바느질도 못 한다더라
애들아 나오너라 달을 따다가
순이 엄마 방에다가 달아드리자

— 윤석중 시, 박태현 작곡, 동요 〈달 따러 가자〉

　아름다운 동요다. 이런 동요를 부르며 꿈을 꾸던 아이
가 백발노인이 되었다. 장대로 달을 따서 망태에 담을 생
각에는 아직 변함이 없다. 그 달을 따다가 순희네 집에 불
을 밝혀주고 싶은 마음도 변함이 없다. 추억이 있고 꿈이
있는 노인은 노인이 아니다.

92

오솔길에

버려진

짚신

찬 서리 몸에 감고

말없이

앉아 있거니

마 신 헌 심 기 불 고

磨身獻心棄不顧

내 몸을 닳게 해가며
마음을 다 바쳤건만
버린 후엔
단 한 번도
돌아보지 않네

우리 속담에 '헌 짚신짝 버리듯 한다'는 말이 있다. 제 몸이 다 닳도록 나를 위해 일한 정으로 보자면 그렇게 버려서는 안 될 게 짚신이지만 제 생명이 다했으니 어쩔 수 없다. 짚신은 말하고 있는지 모른다.

찬 서리를 몸에 감고 초라하게 뒹구느니
차라리 재가 되고 싶어요.
태워주세요.

사실, 사람의 손을 거친 것이라면 이 세상 모든 것에다 장례식이 필요하다. 모든 사라지는 것들에 예의를 갖추어야 할 것이다.

곡야穀野

삼천리三千里

소슬바람에

벼 이삭이 익는데

후여 후여

참새 쫓는 소리

秋日穀野鄕聲高
추 일 곡 야 향 성 고

가을날
곡식으로 뒤덮인 들판에
높게 울리는
시골 소리
참새 쫓는 소리

"참새 쫓는 소리". 이 말도 이제는 50대 이상의 나이 든 사람이나 알아듣는다. 곡식 몇 알을 두고 참새와 전쟁을 하는 소리였음에도 참 평화로운 소리였는데 이제는 쫓아야 할 참새가 아예 없다. 쫓아야 할 참새가 없어서 참새 쫓던 그 시절이 더욱 그립다.

94

갈대꽃

아련한

강마을

달을 물고

나는

기러기

월 하 천 리 귀 안 성
月下千里歸雁聲

달빛 아래
천리 먼 길
떠났던 그곳으로
돌아가는
기러기 소리

시가 아니라 한 폭의 그림이다.

시 속에 그림이 있고 그림 속에 시가 있네.

詩中有畵, 畵中有詩

　　송나라 사람 소동파가 당나라 때의 산수 시인이자 문
인 산수화의 비조인 왕유의 〈남전연우도藍田煙雨圖〉에 붙
인 발문의 한 구절이다. 소동파가 이렇게 말한 후부터 왕
유의 시화詩畫는 물론 중국의 시와 그림의 관계를 평할 때
면 으레 이 구절이 등장한다. 중국의 시와 그림은 화폭 위
에서 한 몸이 되기 때문에 이런 평이 가능한 것이다.

　　갈대꽃
　　아련한
　　강마을
　　달을 물고
　　나는
　　기러기

　　불과 열여덟 글자로 그림 같은 시를 쓴 시인의 솜씨가
놀랍다.

95

떨어진

나뭇잎새

첫서리 몸에 감고

옹기종기 모여 앉아

어디로 가자는

속삭임인고

낙 엽 기 신 재 하 처
落葉寄身在何處

떨어진 잎이
몸을
맡길 곳은
어디일까?

속삭임의 회의 끝에 낙엽들은 어디로 가자고 의견을 모았을까? 혹 이런 결론을 내지는 않았을까?

갈 곳이 어디 있겠어?
재가 되었으면 좋겠다.

가을은 보내야 할 것들이 너무 많아 슬픈 계절이다.

그늘이 되어주다가

열매를 맺어주다가

소슬바람에

밀려 나가는

노오란

은행잎 하나

<ruby>인 생 여 시 역 여 시</ruby>
人生如是亦如是

인생은
이와 같고
또
이와 같은 것

신석정 시인의 「임께서 부르시면」이라는 시가 생각난다.

　　가을날 노랗게 물들인 은행잎이
　　바람에 흔들려 휘날리듯이
　　그렇게 가오리다.
　　임께서 부르시면…….

　　호수湖水에 안개 끼어 자욱한 밤에
　　말없이 재 넘는 초승달처럼
　　그렇게 가오리다.
　　임께서 부르시면…….

　　(하략)

　　김일로 시인과 신석정 시인이 각유천추各有千秋(각기 특징이 있다)일 테지만 김일로 시인의 시가 짧아서 그런지 가슴을 더 싸하게 한다. 일자리를 못 찾았거나 설령 찾았더라도 갑질을 못 견디고 밀려 나가는 사람이 너무 많은 세상이라서 더 슬프게 다가오는 것일까?

그늘이 커 주다가
볕ㅅ매를 맞어 주다가
ㅅ슬 바람에 비를 가려 주다가
늘희
해오라
하

金二泳 先生詩 丙申夏 金洋基

97

못 잊어

찾는 길이

하도 덧없어

허랑해

잊잔 길이

이리 삼삼해

인 고 유 장 상 불 기
人苦流長尙不棄

인생길
고달프고
멀다 해도
끝내
포기할 수 없는 일
— 사랑

시집 『송산하』에는 본래 이 시의 두 번째 행이 '찾는 이 길'이라고 되어 있다. 김일로 시인의 장자 김강 선생이 전하는 말에 의하면 시인께서는 생전에 '찾는 길이'로 바꾸라 일렀다고 한다. 찾자니 덧없고 잊자니 허랑한 것이 바로 옛사랑이다.

평생을 그렇게 앓으면서도
단 한 번도
부질없다는 생각을 못 하는
달디 단 아픔
짝사랑 첫사랑

— 김병기 미간행 시, 「짝사랑 첫사랑」

인생은 언제나 짝사랑 첫사랑 같은 것.

98

가는가

또

가는가

아는 길

또

찾아가는가

承承長繼無更時

잇고
잇고
또 길게 이어
바뀔 때가 없네

세상이 무척 많이 변하고 또 빠르게 변하는 것 같아도 사실 크게 달라진 것은 없다. 더우면 모시옷 입고 추우면 털옷 입고; 배고프면 먹고 졸리면 자고, 내 부모 공경하고 내 자식 사랑하고……. 실은 다 아는 길이고 갈 수 있는 길임에도 그 길은 가지 않으면서 자꾸 새로운 길만 묻고 있다. 이 개명한 현대에 나는 특별히 영리하게 잘 살 것 같아도 결국은 내 할아버지가 살아온 대로, 내 아버지가 살아온 대로 사는 게 인생이다.

변하지 않는 것으로 만 번 변하는 것에 대응하자.

不變應萬變
<small>불 변 응 만 변</small>

백범 선생은 광복된 조국으로 돌아오기 전날, 상해에서 비로 이 구절을 휘호했다. 당시 동탕하던 시대相(時代相)으로 보자면, 백범 선생께서는 변하지 않는 것 중에서도 특히 '민족'에 큰 의미를 두었다고 생각한다. 미국의 속셈, 소련의 농간, 이승만의 야심, 김일성의 독단 등은 시대의 흐름에 따라 언제라도 변할 수 있지만, 민족은 영원히 변하지 않는 것이니 민족이라는 이름으로 그들에 대응하고 야심과 독단을 버리고 38선 없는 대한민국을 건국하자는 것이 백범 선생의 생각이었다. 그러나 우리는

그렇게 하지 못했다. 잘 알고 있는 '통일'이라는 길을 찾아가지 못하고 가지 않아야 할 분단의 길을 갔다. 그 결과 우리는 얼마나 많은 고통을 받았는가?

길은 이어야 할 때는 이어야 한다. 아는 길을 따라서 가야 한다. 불변으로 만변에 대응하는 길을 가야 한다. 불변하는 것은 이를 테면 사랑, 진실, 믿음 같은 것들이다. 우리가 너무나 잘 알고 있는 것들. 잘 알고 있는 길을 이어가면서 불변하는 것들로 만변에 대응한다면 세상은 물 흐르듯이 자연스럽게 흘러갈 것이다. 어떤 위대한 창작도 이 '아는 길'을 무시할 수는 없다.

99

봉우리

달을

이면

탁발승托鉢僧

귀로歸路에

우는 귀뚜리

산 승 귀 로 추 성 심
山僧歸路秋聲深

산에 사는
스님
돌아가는 길에
가을 소리가 깊구나

봉우리에 달이 떠 올라온다. 탁발하는 스님은 이제야 절로 돌아간다. 시주가 많지 않아 등에 진 바랑이 그다지 무겁지도 않은데 스님의 어깨는 축 처져 있다.

나무아미타불
이게 다 수행이려니…….

숲길의 밤바람이 차다. 가을이 깊었다. 귀뚜라미가 자지러지게 운다. 저 스님, 출가하기 전 어디 사는 누구의 아들이었을까? 당나라 시인 유장경劉長卿의 시를 덧붙인다.

푸르고 푸른 대숲이 펼쳐진 죽림사
어둑어둑 해는 저물고 종소리 들리는데
삿갓을 등에 메고 기우는 해를 데불고
푸른 산 저 멀리로 돌아가는 스님

蒼蒼竹林寺
杳杳鐘聲晚
荷笠帶斜陽
青山獨歸遠

— 유장경, 「송영철상인送靈澈上人(영철 스님을 보내며)」

100

낙엽

쓸다

하늘 우러르면

남녘으로

떨어지는

기러기 한 마리

<ruby>霜降寒天落雁聲<rt>상 강 한 천 낙 안 성</rt></ruby>

상강 질기
추운 하늘
기러기
내려앉은 소리

'기러기 한 마리'는 바로 짝을 잃은 '외기러기'다. 금슬 좋은 기러기는 짝을 잃으면 무척 슬퍼한다고 한다. 어떤 녀석은 아예 식음을 전폐하여 짝을 따라 죽는다고 한다.

사랑하는 사람을
먼저 멀리 보낸 사람이
상강의 추운 날씨에
낙엽을 쓸고 있다.

문득 그 사람 생각에 눈물이 나려고 한다.
고개 들어 하늘을 본다.
먼 하늘가에 새 한 마리가 날아간다.
짝 잃은 외기러기다.
'울컥'
하더니
남녘 하늘가로
내 마음이
'툭'
하고 떨어진다.

고개를 떨군다.

주어도

받질

않는 정情

도토리라도

쥐여

줄 것을

심 정 무 형 불 환 대
心情無形不歡待

마음과
정은
모양이 없어서
눈으로 확인이 안 되니
환대받지 못한다네

마음이나 정이사 주어도 티가 나지 않기 때문에 아무리 주어도 반가운 대접을 받지 못하는 경우가 많다. 그래서 '정표情表'라는 게 있다. 이몽룡과 성춘향처럼 서로의 정과 마음을 다 읽는 사이에도 다시 정표가 필요했다. 그래서 반지와 거울을 주고받았다. 가난한 사람의 마음과 정은 어찌할 거나?

　　도토리라도 / 쥐여 / 줄 것을

　　한문시를 통해 마음과 정은 눈으로 확인할 수 없는 것이라 환대받지 못한다고 자조하는 시인의 웃음이 헛헛하다.

冬

겨울

102

산을 타고

내려오는 나뭇짐

시내 끼고

나가는 낚싯대

거기 마을이

내가 살던 마을이

요 산 요 수 모 운 중
樂山樂水暮雲中

저물녘
구름 속에
내가 좋아하던
산
내가 즐기던
물

산에 가서 나무하고
시내에 나가서 낚시하여
사람마다
땔나무 한 짐을 지기도 하고
물고기 한 꿰미를 들기도 하고.

돌아오는
황혼 길은
얼마나 아름답고 풍요로웠던가!

그리운 시절이다.
내가 좋아하던
산과 물과
함께 살던 시절의 풍경이다.

무서리

몸에 감고

가슴 안에 맺은 정을

으스름

달빛 맞아

살며시 푸는 향기

월 하 관 매 소 견
月下觀梅所見

달빛 아래서
매화를 보다

중국 당나라 때 황벽선사黃檗禪師의 시 가운데 다음과 같은 구절이 있다.

뼛속까지 시리게 하는 한바탕 추위를 겪지 않고서는
저 매화, 어찌 코를 때리는 향기를 얻을 수 있었으랴!
不是一番寒徹骨
불 시 일 번 한 철 골
爭得梅花撲鼻香
쟁 득 매 화 박 비 향

무서리를 몸에 감는 인고忍苦로 가슴 안에 맺은 정情의 향기.

"나 이렇게 성공한 존재야!"

매화는 말하지 않는다. 호들갑을 떨지 않는다. 대낮엔 사람들의 찬탄이 부끄러워 으스름 달빛이 내릴 때에야 살며시 향기를 풀어놓는다.

그윽한 향기가 은은하게 떠돈다.
暗香浮動
암 향 부 동

104

긁어모은

낙엽에

불을 붙이면

외줄기로

타오르는

하얀 가을

<ruby>晩<rt>만</rt></ruby> <ruby>秋<rt>추</rt></ruby> <ruby>落<rt>낙</rt></ruby> <ruby>葉<rt>엽</rt></ruby> <ruby>燒<rt>소</rt></ruby> <ruby>煙<rt>연</rt></ruby> <ruby>白<rt>백</rt></ruby>

晩秋落葉燒煙白

늦가을
낙엽은
하얀 연기로
타오르고

낙엽 한 장
타오르는 연기

가을 대지가
빠끔
담배 연기를 뿜는다.

마지막
해야 할 일을 한다.

가을!
Closing Ceremony

암자庵子 도량道場에

낙엽이

스산한데

저 혼자

활짝 웃는

국화 한 송이

산 중 암 전 간 생 멸
山中庵前看生滅

산속
암자 앞에서
생멸의 이치를 보도다

스산한 가을
한편에서는 낙엽이 지고
다른 한편에서는 국화꽃이 피고.

병원
한편에서는 사람이 죽고
다른 한편에서는 아이가 태어나고.

생멸은 어디에나 있다.
어리석을 손
내게는 영원히 멸滅이 없을 것처럼 생각하며 사는 사람.

대문 앞이 북망산임을 아는 것이 철드는 것 아닐까?

106

높은

나무 끝에

둥그렇게 얹혀

삭풍에

썰렁한 까치집

수 상 작 소 삭 풍 한
樹上鵲巢朔風寒

나무 위
까치집에
매서운 바람이 차구나

김일로 시인이 작고한 후 맏아들 김강은 시인의 「작가 노트(隨想)」에서 다음과 같은 글을 발견했다. 이 시에 대한 구상이리라.

태초에 하늘이 열리고 눈부신 일월과 성신이 나타나 빛을 쏟으니 수려한 산수와 오색이 영롱한 화조花鳥(꽃과 새)가 드러나 그윽한 향기를 풍기고 있기로 여기 인간이 등장하여 만물 가운데 오직 내가 귀할 뿐이로다 했으리라. 과연 그 얼마나 인간이 귀한 위치에 서 있는지 나도 모르고 살아 나오는 사이 계절 따라 세찬 삭풍이 휘몰아쳐 눈은 내리고 나신이 되어버린 나무와 나무가 맞부딪쳐 아픈 소리를 내고 있는 산촌의 높다란 나무 끝에 얹혀 있는 동그란 까치집이 차가운 날씨에 호젓하다. 까치는 어디로 갔는지 알 길이 없고 까치를 기다리는 까치집이 저 혼자 흐느낀다. 이것이 산다는 형태이고 이것이 살다간 형태이리라. 뒤로 둔 산촌을 돌아보니 양지 바른 언덕에 아이들이 손에 입김을 모으며 꼬리치는 연을 바라보고 있었다.

호화주택 지었다 자랑하지 마라. 까치집에 불과하다.

107

하늘

우러러

한恨을 닦는

들국화

이승尼僧* 닮아

흰 웃음

상 국 앙 천 소 안 적
霜菊仰天笑顔寂

서리 맞아
활짝 핀 국화
하늘 향해
웃는 얼굴이
쓸쓸하다

* '尼'는 '비구니'의 '니'이다. 이승은 비구니, 즉 여승이다.

이희승 선생은 맑고 푸른 가을 하늘을 이렇게 읊었다.

　　손톱으로 툭 튀기면
　　쨍 하고 금이 갈 듯

　　새파랗게 고인 물이
　　만지면 출렁일 듯

　　저렇게 청정무구淸淨無垢를
　　드리우고 있건만.

　　　— 이희승, 〈추삼제秋三題〉 중에서 「벽공碧空」

　청정무구를 드리우고 있는 파란 하늘 때문에 하얀 들
국화가 더 가녀리고 핼쑥해 보인다. 핼쑥한 몸에 감긴 한을
푸른 하늘과 물로 닦아내려는 듯 하늘을 우러르고 있다.
　어느 비구니 스님, 미움인지 욕망인지 한인지……. 뭔
가를 떨쳐내려고 쉼 없이 합장을 한다. 아주 잠깐 입가에
웃음이 앉았다 간다. 웃음에 어디 색깔이 있으랴만 말하
자면 흰 웃음이다. 창백하고 쓸쓸한, 들국화를 닮은 웃음
이다. 들국화는 여승을 닮고 여승은 들국화를 닮았다. 이
래저래 가을은 눈에 드는 것마다 조금은 슬프게 보인다.

108

드높은

나뭇가지에

그물 친 거미

여윈

달이 걸려

소슬한 저녁

중 추 신 월 현 주 소
仲秋新月懸蛛巢

한 가을
초승달이
거미줄에
걸려 있네

거미가 쳐놓은 거미줄에 달만 걸렸다.
거미가 먹을 게 없다.

보는 사람에게는 풍경이 소슬하고
거미에게는 삶이 소슬한 저녁이다.

영근 달이

여위도록

천년千年을 울어도

못다 울어

이 밤 새는

저 소리

客窓秋月草蟲聲
객 창 추 월 초 충 성

나그네
창가에
비친
가을 달
들려오는
풀벌레 소리

보름이 그믐이 되고
그믐이 다시 보름이 되었다가
또다시 그믐이 되고

밤마다 그리 울고도
어미 울음을 새끼가 이어받아
천년을 울고도
오늘 또 울어야 하는
다 못 우는 저 울음소리

귀뚜라미도
나그네라서 울고
나 또한
나그네라서 운다.

귀뚜라미 울음소리에
야무지게 영글었던 달이 다 수척해진다.

110

다향茶香에

청담淸談을 담던

사사四師 풍정風情이

만월滿月인데

일지암一枝庵은

저 혼자 낙엽 위에 서 있거니

대 흥 사 일 지 암 소 견
大興寺一枝庵所見
四師-茶山 秋史 艸衣 小癡 선생을 말함

대흥사
일지암에서
본 것
네 스승-다산, 추사, 초의, 소치 선생을 말함

전라남도 해남의 대흥사 일지암은 조선 후기의 큰 인물 네 분이 교유하던 곳으로 유명하다. 우리나라 차茶 문화 정립에 공을 세운 초의선사草衣禪師가 창건한 이 암자는 추사 김정희 선생도 들렀고, 강진으로 귀양 온 다산 정약용 선생도 수시로 들렀던 곳이다. 초의선사의 추천으로 추사의 득의제자得意弟子가 된 소치小癡 허련許鍊 또한 진작부터 일지암과 인연을 맺은 사람이다. 초의선사는 일지암을 창건하면서 『장자莊子』「소요유逍遙遊」편의 다음과 같은 이야기를 취해 암자 이름을 지었다.

요임금이 천하를 허유許由에게 양도하기 위해 허유를 찾아가서 말하였다.

"해와 달이 떠 있는데 계속 횃불을 들고 있어야 할 필요가 없지 않소? 때에 맞는 비가 이미 충분히 내렸는데 다시 인력으로 물을 대고 있어야 할 필요가 없지 않소? 그대가 나서야 천하가 잘 다스려질 텐데 내가 아직도 천하를 다스리는 자리에 있으니 부끄럽소. 청컨대 천하를 맡아주시오."

그러자 허유가 대답하였다.

"그대가 천하를 다스렸으므로 천하는 이미 잘 다스려져 있소. 그런데 날더러 천하를 맡으라니 날더러 명예를 취하란 말씀이시오? 명예는 실질에 대한 손님에

불과한데 날더러 손님이 되라는 말이요? 뱁새가 깊은 숲에 깃들어도 그 많은 나무가 다 필요한 게 아니고 한 가지一枝면 족하고 두더지가 강물을 마셔도 그 강물이 다 필요한 게 아니라 그 배를 채울 정도면 족하오(鷦鷯巢於深林, 不過一枝; 偃鼠飮河, 不過滿腹). 그러니 당신은 돌아가시오. 나는 천하가 필요 없소."

허유가 말한 "초료소어심림 불과일지鷦鷯巢於深林, 不過一枝"라는 구절에서 '일지一枝'라는 말을 따서 '일지암一枝庵'이라는 이름을 지은 것이다.

추사도 가고 초의도 다산도 가고 소치 또한 가고, 그들의 우정을 간직한 아름다운 일지암만 혼자 남아 낙엽 위에 서 있다. 일지암은 그 옛날 네 스승이 떠난 후에 입을 다문 듯 말이 없다.

근대의 명필 강암 송성용 선생이 쓴 '일지암' 현판

111

단풍 찾아 나섰다가

스스로 단풍이 된 발걸음

박모薄暮에 잠기는

백양사白羊寺 경내境內

따라 잠기는

호젓한 귀로歸路

探勝歸路日暮寂

풍경 따라
구경 갔다
돌아오는 길
날은 저물어
적막하고

백양사 단풍이 하 좋다기에 단풍 구경 갔다가 내가 바로 단풍임을 깨닫고 돌아오는 길.

산 너머 저 하늘 멀리
행복이 있다고 말들 하기에
나 또한 남을 따라 찾아갔건만
눈물만 머금고 되돌아 왔네.
저 산 너머 더 멀리에
분명 행복이 있다고
모두가 말하기에.

— 칼 부세, 「저 산 너머」

서리 맞은 잎사귀가 2월의 꽃보다도 더 붉구나.

상 엽 홍 어 이 월 화
霜葉紅於二月花

— 두목杜牧, 「산행山行」의 3, 4구

서리 맞은 잎사귀를 두고 늙었다고 하지 마라. 새봄의 꽃보다 더 붉을 수 있다. '일사능광변소년一事能狂便少年' 이라 했던가? '한 가지 일에 능히 미칠 수 있으면 그게 곧 젊은이다'라는 뜻이다. 내가 단풍임을 깨닫고 돌아오는 길, 봄꽃보다 더 붉은 단풍으로 미쳐보는 것도 괜찮으리라.

112

인적人跡이 드문 산중山中 해마다 스산한
낙엽을 이고 천년세월千年歲月을 손꼽는
암자庵子 서리 덮인 풀섶 길에 나는 새 앉
으면 반갑고 기는 다람쥐 만나면 정겨워
바라보는 노승老僧 머리 위에 두둥실 떠
가는 백운白雲 한 송이

탐 추 기
探秋記

가을
답방기

누구에게나
가을은 있다.

찾아가 살펴보면
아름답고
정겨운
가을이 있다.

탐추기探秋記!
가을을 탐방한 기록!
누구라도 가을을 탐방할 수 있지만
아무나 탐추기를 쓰는 건 아니다.

113

포근한

가슴에

새긴 슬픔

지우질

못해

찾는 보살菩薩님

모 은 여 해 인 자 한
母恩如海人子恨

어머님
은혜는
바다와 같으니
자식은
그게 한스럽습니다

포근한 어머니 가슴에
내가 새긴 게 무엇인지
어머니는 전혀 모르는데
나는 안다
그래서 슬프다

그렇게 새긴 것이
어머니 가슴엔 없고
내 가슴에는 또렷이 남아
또렷한 그것을 지우지 못해
뜨겁게 찾는
어머니!

어머니는
애저녁에
보살님이 되었다

어머님 은혜가 강江만 하다면
갚아볼 엄두라도 내보겠지만
망망대해茫茫大海이니
갚을 길이 전혀 없다.
갚을 길 없음이 안타깝고 슬프다.

女愚女海
人子恨

金一渙 詩
金膺顯 書

114

가다가

날이 저물면

등불燈火 찾고

하룻밤 인사人事는

고담古談

한 자리*

초 혜 여 정 기
草鞋旅程記

짚신으로 떠도는
나그네 여행기

---

* 전라도 지역에서는 이야기 '한 편'을 '한 자리'라고 말한다.

이야기 한 자리로
등불이 있는 곳에서
밥도 먹고
잠도 자고.

평화롭고 행복한 시절이었다.

그 시절의 그런 여행을
'초혜여정기'라고 표현한
시인의 정서가 우러러 부럽다.

산자락에

오막살이

어린 아기

웃음 찾아

원앙鴛鴦은

들랑날랑

朝夕樂在草家中
조 석 락 재 초 가 중

초가에
아침
저녁으로
넘쳐나는 즐거움

원앙이 따로 없다.

아이를 사이에 두고 금슬 좋은 부부가 바로 원앙이다.

천국이 따로 없다.

아이를 사이에 두고 금슬 좋은 부부가 사는 곳이

바로 천국이다.

주고

받는 정情이

설야雪夜 속에 훗해[*]

등불이 부처런 듯

합장하는 저 모습

정 거 정 래 인 간 난
情去情來人間暖

정이
오고 가고
인간 세상은
따뜻해지고

---

* '훗훗해'를 '훗해'로 표현한 것 같다. '훗훗하다'는 '마음을 부드럽게 녹여주는 듯한 훈훈한 기운이 있다'는 뜻이다.

긴긴 겨울밤을 그냥 새기엔 배가 다소 출출하다 싶으면 형편이 괜찮은 집에서는 고구마라도 삶아서 밤참을 먹었다. 더 있는 집에서는 떡을 찌기도 했다. 그렇게 밤참거리를 만들면 결코 혼자 먹지 않았다. 아이들 손에 등불을 들려 이웃집에 떡도 돌리고 고구마도 돌렸다. 한밤에 '웬 떡'을 만난 가난한 이웃은 등불을 든 아이를 향해 손을 모으고 연신 고맙다는 인사를 한다. 가난한 이웃의 합장으로 등불을 든 아이는 어느새 부처가 된다. 떡 한 접시, 고구마 서너 알을 주고받는 정이 내 아이를 자신도 모르는 사이에 부처님 마음을 갖도록 키우는 것이다.

117

자네 가슴에

아픔은 남기지 말게

내사 쓰린 상처를

만지더라도

정 분 난 사 동 서 시
情分難事東西時

정을 나눔에
동쪽
서쪽을
다
챙길 수 없을 때

정情을 열 개 가지고 있었는데 세 개는 아내 주고, 아들과 딸에게도 두 개씩은 주어야겠기에 그렇게 떼어주고, 친구에게도 하나를 주다 보니 부모님 드릴 거라곤 고작 하나밖에 남지 않아서 엉엉 울고 말았다는 말을 들은 적이 있다. 친구에게 주기로 한 정 하나는 또 어떻게 나누어야 하나?

자네는 혹여 자네가 내게 준 정이 너무 적다는 생각에 마음 아파하지 마시게. 내 상처는 내가 만질 테니.

아무것도 줄 수 없다는 그 말이 오히려 위안이 되고 기쁨이 될 때가 있다.

예불禮佛

하다

잠든 동승童僧

불상佛像은

자비로운 웃음

부 지 세 속 동 심 한
不知世俗童心閑

세속이
무엇인지도 모르는
어린아이 마음은
어디에서도
그저
한가롭기만

설령 말썽이어도 좋다.

제 딴에는
뭔가를 열심히 하다가
잠든 아이의 모습을 보는 부모는
누구라도 부처가 된다.

극락이 따로 없다.

염불하다 잠이 든 동승의 모습을
부처님은 동승의 부모가 되어
그렇게 바라보고 있다.

동승의 부모가 될 수 있기에 부처님이다.

119

슬픈 것이

몸에

하도

감겨

홀로 허허

웃는 달

<ruby>人<rt>인</rt></ruby> <ruby>苦<rt>고</rt></ruby> <ruby>流<rt>유</rt></ruby> <ruby>長<rt>장</rt></ruby> <ruby>我<rt>아</rt></ruby> <ruby>何<rt>하</rt></ruby> <ruby>言<rt>언</rt></ruby>

人苦流長我何言

사람의 고달픔은

가없는 것

내 어찌

그 얘기를

다 할 수 있으랴

달은
홀로
허허
웃을 수밖에 없다.

밤이면 밤마다 사람들이 해대는
그 많은
그리움의 말
서러움의 하소연
다 보고 들었기에
그저
웃을 수밖에 없다.

그렇게 그립고 서럽고 한 많은 하소연에
어찌 다 일일이 대답할 수 있으랴.

그저 웃을 수밖에.

밝은 창

열고 보니

만산설화滿山雪花

눈부신데

산새 한 마리는

왜 그리 우는고

可憐山鳥雪花中 ^{가 련 산 조 설 화 중}

壬戌冬日 於天眞庵 ^{임 술 동 일 어 천 진 암}

눈꽃 속에서
우는
가련한 산새
임술년 겨울 천진암에서

눈꽃처럼 화려한 꽃이 또 있을까? 내리던 눈 멈추고 회색 하늘 걷히면서 갑자기 눈꽃 위에 밝은 햇살이 쏟아질 때 눈꽃의 아름다움은 절정에 이른다. 그런데, 그 화려한 눈꽃을 보면서 산새 한 마리는 왜 그리 우는 것일까?

　　우는 까닭을 모르는 채 우는 아이를 달래는 부모의 심정으로 산새의 울음을 듣는 시인의 마음이 따뜻하다.

121

지지리

못난 열매

가슴 안에

가득 고인

천지天地의

향기香氣

木瓜形反天地香

모과는
못생긴 그 모양과는
영 달리
향기로
온 세상을 덮는다

"얼굴만 예쁘면 뭐하니? 마음이 고와야지." 이 말이 더욱 허랑하게 들려 전혀 설득력을 갖지 못하는 게 요즈음 세상이다. 오히려 "얼굴이 예쁘면 다 용서가 된다"는 농담 아닌 농담이 더 설득력 있게 들리는 시대이다.

사람과 사람의 만남이 대부분 '면접 10분' 같은 식으로 이루어지다 보니 속을 들여다볼 시간이 없어서일까? 내실이 있는 사람, 내면에 향기가 가득한 사람, 속이 꽉 찬 사람……. 이런 말들을 소중하게 여기는 세상이 진정으로 아름다운 세상일 텐데 지금은 겉모습만 화려하게 꾸미는 거품이 꽉 찬 세상인 것 같다. 거품이 사라지고 나면 어찌하려고 그러는지 모르겠다.

122

산자락

깔고 앉아

이어 밝힌 호롱불

눈 감아도

깜박깜박

사연 푸는

꽃송이

부 로 점 등 전 승 화
父老點燈傳承花

늙은 아버지
호롱불을 밝히고
늦둥이 아들에게
전해주는 이야기
호롱불은
어느새
꽃송이 되어
온 마을이
밤의 화원을 이룬다

산기슭에 자리한 우리네 전통 마을 집집마다 켜진 호롱불. 그 호롱불 앞에서 아버지가 아들에게 전하는 이야기. 그 호롱불 앞에서 어머니가 딸에게 전하는 이야기.

역사는 그렇게 이어지고 역사가 이어지는 한 불을 밝힌 마을은 밤이어도 꽃마을이다.

아이는 글을 읽고 나는 수를 놓고
심지 돋우고 이마를 맞대이면
어둠도 고운 애정에 삼가한 듯 둘렸다.

이영도 시인의 「단란團欒」이라는 시이다. 초가 마을 호롱불 아래는 이렇게 단란했었다.

휘감기는

슬픔은

슬픔이 풀고

얼어붙는

고독은

고독이 녹일 수밖에

추 풍 소 슬 적 료 시
秋風簫瑟寂廖時

가을바람은
소슬히 불고
적막하고 고요할 때

해마다
도지는 병
가을 슬픔
가을 고독

작년에도 그랬고
재작년에도 그랬듯

너도 그랬고
나도 그랬듯이

슬픔은 슬퍼함으로써 풀고
외로움은 외로워함으로써 풀 수밖에.

124

금수강산

너는 남아

지는 달 솟는 해

너도 남아

못 잊어 노래하는

이 지팡이

白髮旅人過山河

백발의 나그네가
오늘도
조국 산하
한 모퉁이를
지나면서

'나머지 공부'라도 시킬 양인가?

금수강산 넌 아직 못 가, 거기 남아 있어!
지는 달 솟는 해 너도 아직 못 가, 거기 남아 있어!
잊으려도 잊을 수 없으니 내 가슴 안에 영원히 남아 있어!

아직도 지팡이로 구석구석 금수강산 내 조국을 밟고 싶다.

미리내° 흐르는

이 섬에

이백 년 세월이

아득한데

식지 않고 서 있는

당신의 가슴

어 제 주 소 재 모 의 녀 묘 전
於濟州所在某義女墓前

제주도에 있는

어느

의로운 여인의

묘 앞에서

※ 미리내는 원래 은하수를 칭하는 말이다. 주로 남해의 섬이나 제주도 지역에서
사용하는 방언인데 '미리'와 '내'의 합성어로 보인다. '미리'는 용을 가리키는
'미르'의 변형이고, '내'는 천川을 의미한다. 그러므로 미리내는 '용천'이라는
뜻이다. 용처럼 길게 이어진 내, 혹은 용이 사는 신비스러운 내를 명명한 것이라
볼 수 있다. 은하수도 용처럼 길게 뻗어 있기 때문에 '미리내'라고 부르는 것이
다. 제주도에는 실제 '미리내'라는 이름의 내가 있고 공원도 있다.

여기서 말하는 의녀義女는 사재를 털어 제주도민을 기근에서 구한 김만덕을 이르는 것 같다. 온갖 고생을 하며 모은 재산을 제주도 백성들을 위해 사용한 김만덕은 정조대왕의 부름을 받아 의녀반수醫女班首라는 벼슬을 얻었고, 제주 사람이자 여성으로서는 금기와도 같았던 금강산 구경까지 다녀왔다고 한다.

당시 재상이었던 채제공蔡濟恭은 김만덕의 덕과 공을 기리기 위해『만덕전』을 지었고, 제주도로 귀양 간 추사 김정희는 김만덕의 이야기를 듣고 '은광연세恩光衍世'라고 써서 그의 은혜와 덕을 기렸다고 한다. '은광연세'는 '은혜의 빛이 온 세상에 비쳐 퍼진다'는 뜻이다. 김일로 시인인들 김만덕의 큰 덕과 은혜에 어찌 감동함이 없었겠는가!

126

가슴을 메운

서러움이

웃는 얼굴을

보여야 하는

이 못난 짓을

어찌하면 좋으리

진 세 불 감 한 중 한
塵世不感恨中恨

아직도
이 티끌 세상의 물정을
잘 감지하지 못하는 것이
한恨 가운데
또 한恨이로구나

가슴엔 서러움이 가득하건만
그 서러움을 젖혀둔 채
생활을 위해
억지로 웃어야 하는 세상.

아아!
웃고 있어도 눈물이 난다.

이 못난 삶을 언제나 청산할 수 있으리.

단간

방房에

들어온

쌀 한 말

고사리 손뼉 소리

1960년대 고사리 손뼉 소리를 듣는 限

내 人生은 슬프지 않았다.

이 시를 두고 김일로 시인의 장자 김강은 다음과 같이 회고했다.

"이 시는 제 선친 김일로 시인의 이력서입니다. 목포교대에서 선친께 아동문학에 관한 출강 요청을 하면서 이력서를 제출해달라는 공문을 보내왔습니다. 공문을 받은 선친께서는 이 시 '단간 / 방房에 / 들어온 / 쌀 한 말 / 고사리 손뼉 소리'를 이력서로 보내셨습니다. 격식에 맞는 이력서가 아니라는 이유로 출강은 무산되었습니다. 물론 선친께서는 처자식이 굶주려도 출강하지 않으셨고요. 이 이야기는 당시 목포에서 한동안 인구에 회자되었습니다."

눈물이 나게 하는 회고다. 자제의 회고를 듣고서야 『송산하』에 수록된 시 가운데 이 시만 유일하게 한문시로 다시 표현하지 않고 "1960년대 고사리 손뼉 소리를 듣는 限 내 人生은 슬프지 않았다"라고 한글로 설명을 붙인 이유를 알게 되었다. "내 인생은 슬프지 않았다"고 하는 시인의 말씀에 가슴이 먹먹하다. 이런 시인, 이런 선비에게 왜 우리 사회는 끝까지 이력서를 요구해야 하는 것일까?

128

눈에 새겨 다가서고

귀에 담아 고운 소리

피가 마르도록

내가 아낀 것

허공에서 창窓을 열면

보일 거나 들릴 거나

노 수 불 탈 심 신 적
老愁不脫心身寂

늙도록
묵은 수심
벗어내지 못하여
몸도 마음도
외롭기만

김일로 시인의 자제 김강 선생의 설명에 의하면, 이 시는
경제 활동이 거의 없었던 시인께서 늦은 나이에 올망졸
망 둔 자식들 걱정을 하며 쓴 작품으로, '자식'이란 제목
을 붙여 발표하기도 했다고 한다.

　너무나도 인간적인 시이다. 가린 벽이라곤 없는 마주
통하는 허공임에도 다시 창을 열어야만 보일까 말까 들
릴까 말까 하는, 피가 마르도록 아끼는 자식들의 모습과
목소리. 경제 능력이 없는 아버지가 자식에 대해 갖는 미
안함이란 이런 것일까?

　조선 후기 30대의 젊은 나이에 세상을 하직한 천재 스
님 아암혜장兒巖惠藏은 늘 이렇게 읊었다.

　맑은 눈물은 대부분 취한 뒤에 뚝뚝 떨어지곤 하지.

　　청 루 다 인 취 후 령
　　清淚多因醉後零

　　─ 아암혜장, 「장춘동잡시십이수長春洞雜詩十二首」 가운데 제12수

노시인에게 술이라도 한 잔 권해드리고 싶은 심정이다.

129

비록 창窓 하나로 일월日月을 보지만 대代

를 이은 문방사우文房四友가 제자리에 의

연毅然하고 벽면壁面을 감싼 덕불고필유

린德不孤必有隣 의 휘호揮毫가 의기義氣로

임리淋漓 한데 담묵淡墨의 한 폭 산수도는

세월을 관조觀照하는 나의 경지境地

불 매 향 기
不賣香記

향기를

팔지 않는

것들에

대한

기록

※ 덕을 베푸는 사람은 결코 외롭지 않다. 반드시 동조하는 이웃이 있기 마련이다.
※※ 액체가 흥건한 모양, 사람의 몸이나 글씨, 그림 따위에 힘이 넘치는 모양.

창 하나로 일월을 보는 좁은 공간인들 어떠하랴? 문방
사우가 있고 서화가 있어 그 향기가 내 곁을 떠나지 않는
데…… 향기 속에서 사는 사람이 향기로운 사람이고, 향
기로운 사람이 경지 높게 행복한 사람이다. 조선시대의
문인 신흠申欽의 시 가운데 다음과 같은 구절이 있다.

오동나무는 천년을 묵어도 항상 곡조를 간직하고
매화는 일생이 추워도 향기를 팔지 않는다.

동 천 년 노 항 장 곡
桐千年老恒藏曲
매 일 생 한 불 매 향
梅一生寒不賣香

— 신흠, 「야언野言」

우리 주변엔 향기를 팔지 않는 것들이 참 많다. 사람
인 나만 향기를 팔려 들지 않는다면 주변과 함께 늘 은은
한 향기 속에서 살 수 있을 것이다.

130

거칠은 살갗은 영겁永劫을 살아오신 거
룩한 연륜年輪 일월日月과 산수山水와 화
조花鳥의 밀어密語가 당신 가슴속에 가
득히 고여 있습니다. 그러기에 이 작은
두 손으로 삼가 받드는 숭엄한 나의 우
주宇宙

수 석 송
壽石頌

수석을
위한
노래

돌에는 세 가지 덕德이 있다고 한다.

첫째 덕은 묵黙이요,
둘째 덕은 인忍이요,
셋째 덕은 견堅이다.

석 유 삼 덕　일 왈 묵　이 왈 인　삼 왈 견
石有三德, 一曰黙, 二曰忍, 三曰堅

그 굳셈[堅]과 인내[忍]로 영겁을 살아왔고, 그 묵묵함[黙]으로 일월과 산수와 화조의 밀어를 다 듣고도 누구에게도 발설하지 않고 그저 가슴속에 간직하기만 해온 돌!
존경받을 만하지 않은가?

송이송이

피어나는

고향 진달래

손을 잡고

한 번 돌면

둥근 달인데

타는 정

가슴에 안고

강강수월래

열두 폭 치마가

나래 치는

나비라서

달 속으로

달 속으로

강강수월래

月中舞

달빛 속의

춤

손을 잡고 한 번 돌면 땅에도 둥근 달이 생긴다.
'강강수월래'
둥근 원이 바로 달이다.

열두 폭 치마가 나비 되어
그 나비,
달 속으로 달 속으로 날아들어 간다.

하늘의 달 속으로도 날아들어 가고
땅 위의 달 속으로도 파고들어 온다.

진달래처럼
붉게 타는
가슴
정情.

다시
돌아
달을 만들며

'강강수월래'

네 가슴에

내가 안기고

내 가슴에

네가 안겨 사는

이

밝은

하늘 아래

설혹

눈물을

비벼 먹는

한恨이 있더라도

우리 보람이

하나로 둥글게 영근다면

무엇을 또 바라리

산아

내 가슴에 안겨 있는

유달산아!

유 달 산 소 견
儒達山所見

유달산 풍경

유달산은 예부터 '맑은 영혼을 가진 사람들이 도달到達하
여 모여드는 산'이라는 뜻에서 '영달산靈達山'으로 불려
왔다고 한다. 또 한편으로는 동쪽에서 해가 떠오를 때 그
햇빛을 받아 봉우리가 마치 놋쇠가 녹아내리는 것 같은
모양과 색으로 변한다 하여 '놋쇠 유鍮'자를 써서 '유달
산鍮達山'으로 불렸다고 한다.

　　대한제국 시절의 문인인 정만조鄭萬朝가 1886년부터
1907년까지 전라남도 진도에 유배되었다가 해배되어 돌
아오는 길에 유달산에서 시회詩會를 열자, 지방의 많은
선비들이 모여들었고 이때 모인 선비들이 '유가의 선비
들이 모이는 정자' 혹은 '유학의 이념을 세상에 전달하는
정자'라는 의미에서 '유달정儒達亭'을 건립할 것을 논의
했는데, 이 과정에서 산의 이름도 아예 한자 표기를 '유달
산儒達山'으로 바꿔 오늘에 이르렀다고 한다.

　　김일로 시인은 유달산 이름의 이런 내력과 관계없이
오직 고향이라는 이유만으로 유달산을 끔찍이 사랑했다.
다음 구절이 특히 눈에 더 박혀온다.

이
밝은
하늘 아래
설혹

눈물을
비벼 먹는
한恨이 있더라도

우리 보람이
하나로 둥글게 영근다면
무엇을 또 바라리

김일로 시인이 『송산하』를 출간할 당시 목포는 한국
의 여느 지역과는 좀 다른 곳이었다. 목포 사람들의 가슴
에 말 못할 한이 쌓이고 서리던 시절이었다. 목포 출신 가
수 이난영이 불러서 1930년대에 크게 유행했던 노래〈목
포의 눈물〉을 목포 사람들은 다시 한을 삭이며 불러댔다.
〈목포의 눈물〉은 어느덧 목포의 노래를 넘어 전남과 광주
의 노래가 되었고, 다시 호남의 노래가 되었다.

'왜 호남 사람들은 한을 삭이고 눈물을 흘리며 이 노
래를 불러야 하는가?' 하는 한탄에 기름을 끼얹고 불을
지른 사건이 터졌다. 1980년 5월 18일에 터진 광주민주
화운동이 바로 그것이다. 많은 사람들이 비참하게 죽고
다쳤다. 계엄군에 의해 참혹하게 진압되면서 피맺힌 한
은 잠시 수면 아래로 가라앉았다. 단지 1년에 한 번 프로
야구 한국시리즈가 열리는 운동장에서 그 한이〈목포의

눈물〉이라는 노래를 빌려 분출되어 나왔다.

전남·광주, 아니 호남을 연고로 하는 유일한 구단인 해태 타이거즈가 프로야구 원년인 1982년부터 1997년까지 4년 연속 우승을 포함하여 무려 아홉 차례나 한국시리즈 우승을 차지할 때, 해태의 경기가 있는 날이면 경기장에는 어김없이 응원가 아닌 응원가인 〈목포의 눈물〉이 시종일관 울려 퍼졌다. 당시 호남 사람들은 TV 중계를 보면서도 관중석의 합창으로 들려오는 〈목포의 눈물〉을 너나없이 따라 불렀다.

왜 그랬을까? 왜 그렇게 한을 담아 〈목포의 눈물〉을 불렀을까? 이에 대해서 김일로 시인은 말한다. "이 / 밝은 / 하늘 아래 / 설혹 / 눈물을 / 비벼 먹는 / 한恨이 있더라도 / 우리 보람이 / 하나로 둥글게 영근다면"이라고. '이 밝은 하늘 아래'는 전두환을 질타하는 말이다.

'이 밝은 하늘 아래, 너도 알고 나도 알고 모두가 다 그래서는 안 된다는 걸 알고 있는 마당에 너는 지금 뭐하는 짓이냐? 쿠데타를 하다니!'

그러나 쿠데타는 잔인하고 참혹한 상처를 남기며 진행되었다. 광주 사람들은, 아니 전라도 사람들은 한을 담아 〈목포의 눈물〉을 부르며 우리가 흘린 피의 대가로라도 민주화의 꿈이 영글기를 바랐다. 김일로 시인은 우리를 대신하여 그러한 심정을 읊은 것이다.

이제 다 지난 일이라고 말하기에는 아직도 아물지 않은 상처가 크다. 이제는 더 이상 '지역감정'을 가지고 '영남 호남' 운운하는 일은 없어야 한다. 김일로 시인이 읊은 대로 '네 가슴에 / 내가 안기고 / 내 가슴에 / 네가 안겨 사는' 그런 따뜻한 세상이 되게 해야 한다. 그리하여 저 북녘 땅의 동포들과 중국 땅의 동포들까지, 아니 전 세계에 나가 있는 우리 동포 모두를 '한민족'이라는 이름으로 끌어안아야 한다. 유달산을, 백두산을, 한라산을, 금강산을 한마음 한뜻으로 품어야 한다.

'짧은 글'과의 인연

어렸을 적 우리 집은 가난했다. 한문만 읽으신 데다 농토가 없었던 아버지는 사실상 경제 능력이 없었다. 할머니, 부모님, 숙부, 숙모, 고모, 우리 7남매 등 식구만 열셋이었으니 끼니를 잇기조차 쉽지 않았다. 그렇게 어려운 형편에서도 아버지께서는 붓과 먹과 종이는 꼭 사주셨다. 그리고 틈이 나는 대로 『천자문千字文』, 『추구推句』, 『사자소학四字小學』, 『명심보감明心寶鑑』 등으로 한문을 가르쳐주셨다. 아버지의 칭찬 때문에 나는 한문을 배우고 붓글씨를 쓰는 것이 무엇보다 재미있었다.

아버지는 나를 데리고 들길을 걷던 어느 날, 지나가던 개를 가리키며 한번 불러보라고 하셨다. 요즈음이야 개에게 '메리', '해피', '하니' 등 영어 이름을 많이 지어주지만 당시엔 동네 개는 다 '워리'라고 불렀다. 내가 "워~리!" 하고 개를 불렀더니 아버지께서는 "그래, 사냥개를 부를 때는 '워리'라고 부르는 거다." 그러고는 '워리사냥개'를 몇 번씩 반복하며 따라 하라고 하셨다. "워리사냥개, 워리사냥개……." 한참을 걷다가 아버지는 문득 산비탈에 누워 있는 소를 가리키며 한번 불러보라고 하셨다. 당시에는 어느 소나 다 '이랴'라고 불렀으므로 나는 소를 바라보며 망설임 없이 "이랴!" 하고 불렀다. 그러자 아버지는 "그래, 누운 소를 부를 때는 '이랴'라고 하는 거지? '이랴누운소'"라고 하시면서 "이랴누운소"를 서너 번 따라 하게 하셨다. 그러고는 앞에서 했던 '워리사냥개'와 함께 "워리사냥개, 이랴누운소"를 반복하게 하셨다. 그날 저녁, 아버지는 다음과 같은 한문 구절을 써서 보여주셨다.

月移山影改, 日下樓痕疏.

그런 다음 글자 하나하나를 알려주시고 "달이 옮겨가니 산 그림자가 고쳐지고(바뀌고), 해가 지니 누대 그림자가 성글구나(희미하구나)"라며 뜻풀이도 해주셨다. 그러고는 소리 내어 읽어보라고 하셨다.

"월이산영개, 일하누흔소."

읽다 보니 왠지 귀에 익은 발음이었다. 그날 낮에 있었던 일이 불현듯 떠올랐다.

"워리사냥개, 이랴누운소."

폭소를 터뜨렸다. 이날 이후, 나는 지금에 이르도록

"月移山影改, 日下樓痕疏"라는 한시 구절을 생생하게 기억하고 있다. 나는 이렇게 해서 짧은 한시와 인연을 맺기 시작했다.

호박 한 망태기, 간장 세 각정이

好博閒忘宅　看章始覺情
호 박 한 망 택　　간 장 시 각 정

노름을 좋아하면 한가하여 집을 잊고
문장을 보면 비로소 뜻을 깨닫게 된다.

매운 고추장, 좋은 무수지(무김치)

每耘苦草長　早隱無誰知
매 운 고 초 장　　조 은 무 수 지

매일 김을 매어도 괴롭게시리 풀은 자라고
일찌감치 은거를 하니 누구도 아는 사람이 없네.

전라도에서는 간장 종지를 '각정이(깍정이)'라고 하고 무김치를 '무수지(무시지)'라고 한다. 이런 토박이말을 넣어 '글 놀이'를 하니 더욱 재미가 있었다. 나는 어린 마음에 재미도 있고 신기하기도 하여 이런 구절들을 입에 붙이고 다니며 외웠다. 아버지의 한문 교실은 어디서라도 틈만 나면 열렸다. 덕분에 나는 이외에도 많은 구절

- 326 -

을 배웠다.

그러던 어느 날 아버지께 여쭈었다. 다른 사람들은 한문은 머지않아 사라질 테니 앞으로는 영어 공부를 해야 한다던데 나는 왜 매일 한문 공부를 해야 하느냐고. 그때 아버지께서는 '인기아취人棄我取'라는 말을 해주셨다. '남이 버릴 때 나는 주워서 취한다'는 뜻이다. 어린 나는 '그렇게 주워놓은 것이 정말 쓰일 날이 있을까?' 생각하면서도 아버님 말씀을 따라 착실히 한문 공부를 했다.

중학교에 다닐 때는 『명심보감』을 배우며, 촌철살인의 감동을 주는 짧은 구절의 매력에 더 빠져들게 되었다.

일을 만들면 일이 생기고, 일을 줄이면 일이 준다.

生事事生省事事省
생 사 사 생 생 사 사 생

같은 글자의 다른 발음, 다른 뜻, 그리고 한자의 오묘한 문법 체계에 깊은 흥미를 느끼게 된 구절이다. 그런가 하면 다른 한편으로는 한글 시조가 지닌 '짧음의 미학'에 매료되기도 했다.

십 년을 분주하여 초려 한 간 지어내니
반 간은 청풍이요, 반 간은 명월이라
청산은 들일 데 없으니 둘러두고 보리라.

면앙정俛仰亭 송순宋純 선생의 시조이다. 초가집 한 칸을 지었는데, 반 칸은 맑은 바람이고 반 칸은 밝은 달이라는 말에 완전히 정신이 팔렸다. 시조도 많이 외웠다.

수줍어 수줍어 다 못 타는 연분홍이
부끄러워 부끄러워 바위틈에 숨어 피다
그나마 남이 볼세라 고대 지고 말더라.
— 이은상,「진달래」

대학에 다니면서부터는 한시에 관심을 갖게 되었다. 특히 오언절구五言絶句의 짜릿한 맛에 반했다. 앞서 인용한 왕유의 「죽리관」을 읽고는 그 고요한 분위기에 감동해 정말 은자가 되고 싶다는 생각을 한 적도 있다. 숲속에 혼자 살면서 금琴을 뜯다가 휘파람 불다가 달님과 인사하다가……. 혼자 있어도 전혀 심심하지 않은 사람이 진정으로 행복한 사람이라고 생각했다.

그래서 나는 아버지께 은자가 되고 싶다고 말씀드렸다. 그때 아버지는 '철없는 놈!'이라는 표정을 지으면서도 웃으며 이런 말로 나를 감동케 하셨다. 진정한 은거는 '시은市隱'이라고. 시은! 도시의 은자! 도시에 살면서도 산속 깊은 곳에 사는 듯이 스스로 조용하고 평화로운 사람, 이게 바로 진정한 은자라는 말씀이셨다. 아무리 깊은 산속으로 들어가 살더라도 마음을 여전히 속세에 두고서 속세의 소식에 귀를 기울이는 사람은 가짜 은자라는 것이다.

시은의 의미를 설명하는 과정에서 아버지는 중국 남송시대의 시인 육유의 「배민排悶(번민을 떨치려)」 가운데 "군능세진세간념君能洗盡世間念, 하처루대무월명何處樓臺無月明"이라는 구절을 알려주셨다. "그대가 만약 속세의 잡된 생각들만 깨끗이 씻어낸다면 어느 곳 어느 누대인들 달 밝지 않은 곳이 있겠소?"라는 뜻이다. 내 마음이 홀가분하면 어느 곳에 가든 밝은 마음으로 밝을 달을 바라볼 수 있겠지만, 내 마음이 무겁고 우울하면 아무리 달이 밝아도 그 밝음을 전혀 누릴 수 없다. 그러니 은거에 어디 산과 도시의 구분이 있겠는가? 내 마음이 은자의 마음이 되면 그게 바로 진정한 은거인 것이다. 나는 지금도 마음이 스산할 때면 이 구절을 읊조리곤 한다.

대학 시절, 나의 관심을 끈 또 한 수의 짧은 오언절구로 정몽주鄭夢周의 「춘우春雨(봄비)」가 있다.

춘 우 세 부 적
春雨細不滴
야 중 미 유 성
夜中微有聲

설 진 남 계 창
雪盡南溪漲
초 아 다 소 생
草芽多少生

봄비가 가늘어 소리도 없이 내리더니만
밤들자 가늘게 물방울 지는 소리 들리네.
눈 다 녹은 남쪽 시내의 물도 불었을 테니
풀잎 새싹들은 또 얼마나 돋아났을까?

　겨울 내내 봄을 기다렸는데 드디어 실낱같은 가랑비로 봄비가 촉촉이 내리고 날씨도 포근하다. 시냇가 모퉁이에 남아 있던 잔설마저도 다 녹아 시냇물도 불어났다. 그러한 가운데 어느새 새싹이 파릇파릇 돋는다. 생동감 넘치는 새봄의 풍경을 너무나도 조용하고 포근하게 묘사했다. 스무 자로 이처럼 세밀하면서도 부드럽고 따뜻하게 봄을 묘사할 수 있다는 사실에 감동과 함께 일종의 충격을 받았다. 이후로 '짧은 시'에 대한 나의 관심은 더욱 깊어졌다.
　스물일곱 살 9월에 대만으로 유학을 떠났다. 그 시절 한시의 대가인 왕중汪中 교수님을 지도 교수로 모시게 된 것은 실로 큰 행운이었다. 왕중 선생님의 문하생이 된 후 처음으로 그분의 '시학詩學' 강의를 청강하던 날, 나는 또 한 번 충격을 받았다. 선생님의 시학 강의는 한 편의 명작

영화 같았다. 특별히 정해진 교재도 없이 그날의 날씨나 시사時事와 관계있는 시 몇 수를 붓글씨로 베껴 가져오신 선생님은 그 시를 정말 맛있게 풀이해주셨다. 그 밖에도 관련이 있는 시를 줄줄 외워 판서를 하시면서 학생들을 시의 깊은 세계로 인도하셨다. 강의실을 나올 때면 학생들의 얼굴이 모두 홍조를 띠었다. 마치 영화관에서 감동적인 영화를 한 편 보고 나오는 것 같은 표정들이었다.

그런 선생님께서 어느 해 10월 하순경, 자신의 스승인 그 유명한 대정농臺靜農 교수님 댁에 가자면서 나를 부르셨다. 나는 선생님 댁으로 가서 함께 길을 나섰다. 대정농 교수님 댁은 선생님 댁의 서편 방향에 있었다. 서편 하늘에 석양이 기울고 노을이 지기 시작했다. 선생님은 감히 나란히 걷지 못하고 오른편의 한 걸음 정도 뒤에서 걷고 있는 나를 가까이 부르시더니 노을을 가리키며 다음 구절을 읊으셨다.

夕陽無限好
只是近黃昏

석양은 한없이 아름답지만
다만 아쉬운 건 황혼이 가깝다는 것

그날 선생님과 함께 당대 최고의 노대가 학자이자 대大
서예가인 대정농 교수님 댁에 들어섰을 때의 감동을 나
는 영원히 잊지 못한다. 근대 중국 최고의 문호인 노신魯
迅의 제자 대정농 교수는 한때 소설가로서 문명文名을 날
렸지만, 대만으로 내려온 후에는 오히려 고전문학과 중
국 전통의 서예와 문인화에 심취해 문자향文字香과 서권
기書卷氣가 넘치는 생활을 했다. 댁은 너무나도 소박했고,
생활은 참으로 검소했다. 서쪽으로 난 작은 창문이 있는
벽을 제외한 나머지 벽에 빼곡히 들어찬 책과 방 한가운
데 놓인 손때가 새까맣게 탄 나무 책상, 그 오른편에 놓인
간단한 다구茶具, 그리고 그 앞에 앉아 있는 태산처럼 무
거우면서도 재기가 넘치고 한없이 인자하면서도 안경 너
머로 매서운 눈매를 지닌 노학자 대정농 선생님. 내가 방
안에 들어서면서 본 것은 그뿐이었다.

왕중 선생님이 들어서면서 방 안에는 문자향과 서권
기가 넘치는 대화가 이어지기 시작했다. 당대의 대가이자
스승과 제자 사이인 두 분의 이야기가 도란도란 이어졌다.
시가 나오고, 산문이 나오고, 이윽고 서예가 튀어 나오고,
그림이 솟아나왔다. 두 분의 말씀이 이어지는 동안 나는
그저 듣기만 했다. 누군가의 이야기를 듣는다는 것이 그처
럼 경이롭고 행복한 일인 줄을 그토록 진하게 경험해본 적
이 없었다. 이야기는 점차 무르익었고, 대정농 교수님 방

의 서쪽 창문에는 서서히 붉은 노을이 비쳤다.

며칠 후, 강의에 들어온 왕중 선생님이 쉬는 시간에 나를 부르더니 종이에 둘둘 만 뭔가를 전해주셨다. 그걸 펼치는 순간, 나는 너무나 놀라 손이 다 떨릴 지경이었다. 대정농 선생님이 친필로 이백의 시「야박우저회고夜泊牛渚怀古(밤에 우저에 배를 대고 옛 일을 회상하며)」를 쓴 작품이었다. 이 시의 승련과 전련을 옮겨보면 다음과 같다.

登舟望秋月
등 주 망 추 월

空憶謝將軍
공 억 사 장 군

餘亦能高詠
여 역 능 고 영

斯人不可聞
사 인 불 가 문

뱃전에 올라 가을 달을 바라보며
부질없이 사상謝尙 장군의 고사를 떠올리네.
나 또한 능히 호기浩氣에 찬 격조 높은 시를 지어 읊을 수 있는데
이 사람의 시는 왜 사상 장군의 귀에 들리지 않는 것일까?

중국 동진시대 인물인 사상이 우저의 태수로 있을 때,

달밤에 뱃놀이를 나왔다가 원굉袁宏이 시를 읊는 소리를 듣고 그를 불러 신분의 고하를 불문하고 밤새도록 함께 시를 지으며 즐겼다고 한다. 원굉은 자신을 알아주는 사람을 만나 행복했다. 이백도 누군가가 자신의 재주를 알아보고 중용해주기를 간절히 바랐다. 그러나 끝내 그런 사람을 만나지 못했다. 그래서 그는 평생 아쉬움과 울분을 안고 방랑하였다.

불운한 시대 탓에 고향을 버리고 대만으로 내려온 대정농 선생님도 지식인으로서 자신이 꿈꾸던 세상을 만들지 못한 것을 늘 아쉬워하며 사셨다. 이른바 '회재불우懷才不遇(재주를 품고서도 때를 못 만난)'의 삶이었다. 그래서 이런 내용의 시를 자주 서예로 쓰곤 했는데, 내게도 그런 마음을 담아 이 시를 써준 것이다. 감격한 나를 향해 왕중 선생님이 조용히 말씀하셨다.

"요즘엔 능히 고영高詠을 할 수 있는 사람이 자꾸 줄고 있으니 너도 더 노력해야 한다."

이백의 시에 나오는 '고영'이라는 단어를 빌려 나를 독려한 것이다. 나는 지금도 생각한다. '고영'이라는 단어를 우리말로 어떻게 번역해야 할까? 앞서 제시한 것처럼 우선은 "호기浩氣에 찬 격조 높은 시를 지어 읊다"라고 번역했다. 이렇게 해놓긴 했지만, 내가 실제로 느끼는 '고영'의 의미와는 상당한 거리가 있다.

'고영'의 '고高'는 단순히 '높다'는 뜻인데 '영詠'과 합쳐져 '고영高詠'이 되고 나면 '고고孤高', 즉 아무도 알아주지 않지만 홀로 지키려 하는 '높음'일 수도 있고, '고아高雅'하다는 뜻일 수도 있다. 자신감이 충만하여 약간은 오만한 기운을 띤 '높음'이기도 하고, 호기浩氣 혹은 호기豪氣에 찬 '높음'이기도 하다. 이것이 바로 한자어가 가진 다의성多義性이자 함축미含蓄美이다. 한 글자에 내함된 이처럼 다양하면서도 복합적인 의미를 어떻게 순우리말 한 마디로 표현할 수 있겠는가?

익히 알고 있는 두 글자로 만들어진 '고영'이란 단어를 그대로 사용하면 될 걸 왜 우리는 한자어를 그리도 기피하며 순우리말로 어설프게 번역하려 드는 것일까? 한두 글자 안에 많은 뜻을 내함할 수 있는 이 짧음의 미학을 왜 스스로 버리려 하는 것일까? 이 일을 계기로 나는 한국 문학에서 이 '짧음의 미학'을 꽃피우기 위해서는 한자가 필수라는 생각을 굳혔다. 인문학을 제대로 공부하기 위해서는 반드시 한문 공부를 먼저 해야 한다는 확신을 갖게 되었다.

왕중 선생님의 "요즘엔 능히 고영을 할 수 있는 사람이 자꾸 줄고 있다"는 말은 현대라는 이름 아래 고전과 전통을 홀시한 나머지 옛사람이 누렸던 짧으면서도 함축적이고 고상한 시의 정신을 이어받을 사람이 자꾸 줄고 있다는 뜻이다. 시를 알아보고, 그 시를 지은 사람을 알아볼 수 있는 안목이 사라지고 있다는 뜻이다. 이후로 나는 나 스스로 열심히 공부하는 것은 물론, 정성을 다해 후학들에게 이 짧음의 미학을 전해야겠다는 사명감을 갖게 되었다.

1984년 3월, 공주사범대학교(현 공주대학교)에 부임한 후 중국 고전시가를 강의하며 학생들에게 시를 외우라고 했다. 학생들은 너무나 어려워하며 부담을 느끼는 기색이 역력했다. 나는 아랑곳하지 않고 으박지르며 독려했다. 그러자 불만이 탱천했다. 문득 나 자신을 돌아보았다. 내가 외울 수 있는 시를 헤아려보았더니 150수를 넘지 못했다. 학생들과 함께 외우기로 마음먹었다. 교수가 애를 쓰며 함께 외우자 학생들도 따라 외우기 시작했다. 어느새 그 수업은 '인기 강의'가 되었고, 나는 3년 만에 '당시 300수'를 다 외우게 되었다.

유년 시절, 아버지의 가르침으로 맺게 된 '짧은 시문詩文'과의 인연은 김일로 선생의 시를 만나면서 절정에 이르렀다. 나는 지금 그 정점에서 김일로 선생의 시를 다시 돌아보며 부족하기 짝이 없는 '역보譯輔'를 썼다. 김일로 선생의 아름다운 시들은 나뿐 아니라, 우리 모두의 정서를 순화하는 데 도움이 되리라 생각한다. 부족한 '역보'를 통해서라도 독자들이 김일로 선생의 시에 보다 가까이 다가갈 수 있기를 바란다.

　나는 김일로 선생이 개척한 이 짧은 시의 형식을 우리 문학의 새로운 장르로 정착시켜야 한다고 생각한다. 그리고 반드시 그런 날이 오리라 확신한다. 나 자신도 언젠가는 김일로 선생의 뒤를 이어 이런 짧은 시들을 모은 시집을 세상에 내놓을 꿈을 꾸고 있다. 몸가짐을 바르게 하고 마음을 맑게 하며 서두르지 않고 꾸준히 독서한다면, 그리고 물, 구름, 바람, 산, 바다, 무엇보다도 사람을 사랑하다 보면 김일로 선생과 같은 시를 쓸 수 있으리라.

　내 주변의 모든 살아 있는 것들을 사랑해야지!

　내 주변의 모든 죽어가는 것들을 사랑해야지!

김일로 약력

본명 김종기金鍾起

1911년 2월 전남 장성 출생

1953년 동시집 『꽃씨』 펴냄

1955년 전남 해남군 황산면에 황산중학교 설립

1959년 남농 허건과 합작 시화전

1963년 전라남도 문화상 수상

1964년 아산 조방원과 합작 시화전.

　　　『한국동요동시집』에 「그네」 등 8편 수록

1965년 매정 이창주와 합작 시화전.

　　　『한국아동문학전집』 11권에 「꽃씨」 등 5편 수록

1966년 『새로운 글짓기 교실』 펴냄

1975년 『신한국문학전집』 2권에 「눈」 등 7편 수록

1977년 김일로 초대 시전. 김일로 보벽補壁 시전

1979년 김일로 고희 기념 시전

1980년 성옥成玉 문화대상 수상
1981년 예총 목포지부장 역임
1982년 시집『송산하』펴냄,
        한국아동문학가협회 이사로 선임
1983년 김일로 시 목각전 개최(목포, 서울)
1984년 영면

꽃씨 하나 얻으려고 일 년
그 꽃 보려고   다시 일 년

2016년 10월 4일 1판 1쇄
2017년 6월 15일 1판 2쇄

지은이   김병기(여보)

편집   이진·이창연
디자인   홍경민
제작   박흥기
마케팅   이병규·양현범·박은희

인쇄   천일문화사
제책   정문바인텍

펴낸이   강맑실
펴낸곳   (주)사계절출판사
등록   제406-2003-034호
주소   10881 경기도 파주시 회동길 252
전화   031-955-8588, 8558
전송   마케팅부 031-955-8595 편집부 031-955-8596
홈페이지 www.sakyejul.co.kr   **전자우편** skj@sakyejul.co.kr
블로그   skjmail.blog.me
페이스북 facebook.com/sakyejul
트위터   twitter.com/sakyejul

ISBN 978-89-5828-959-3 03810

이 도서의 국립중앙도서관 출판예정도서목록(CIP)은
서지정보유통지원시스템 홈페이지(http://seoji.nl.go.kr)와
국가자료공동목록시스템(http://www.nl.go.kr/kolisnet)에서 이용하실 수 있습니다.
(CIP제어번호: CIP2016020836)